U0683204

中等职业学校课程改革新教材

# 中职生诵读
# 经典诗文100篇

ZHONGZHISHENG SONGDU JINGDIAN SHIWEN 100 PIAN

刘良军　谭海梅　**主编**

扫一扫进入诗文广阔天地
参与更多精彩内容与互动
导读、范读、解读尽在其中

广西科学技术出版社

图书在版编目（CIP）数据

中职生诵读经典诗文 100 篇/刘良军，谭海梅主编.
—南宁：广西科学技术出版社，2011.2（2018.2 重印）
ISBN 978-7-80763-600-7

Ⅰ.①中… Ⅱ.①刘… ②谭… Ⅲ.①诗歌—世界—专
业学校—课外读物 ②散文—世界—专业学校—课外读物
Ⅳ.①G634.303

中国版本图书馆 CIP 数据核字（2011）第 013943 号

中职生诵读经典诗文 100 篇

总 主 编　黄干才
主　　编　刘良军　谭海梅

---

责任编辑：彭溢楚　　　　　　　　封面设计：潘爱清
责任校对：韦丽娜　　　　　　　　责任印制：陆　弟

出 版 人：卢培钊　　　　　　　　出版发行：广西科学技术出版社
社　　址：广西南宁市东葛路 66 号　邮政编码：530022
网　　址：http://www.gxkjs.com　在线阅读：http://www.gxkjs.com

经　　销：全国各地新华书店
印　　刷：广西万泰印务有限公司
地　　址：南宁市经济开发区迎凯路 25 号　邮政编码：530031
开　　本：787mm×1092mm　1/16
字　　数：190 千字　　　　　　　　印　张：10
版次印次：2018 年 2 月第 1 版第 10 次印刷
书　　号：ISBN 978-7-80763-600-7　定　价：23.00 元

总　主　编　黄干才

本书主编　刘良军　谭海梅

副　主　编　莫坚义　郭海君　王　瑶　周树刚　徐建英
　　　　　　郑翠琼　罗秋怡　刘翠玲　蒋祖国　黄金团
　　　　　　秦海宁　韦必泉　王云芳　耿丽华　玉李雁
　　　　　　陆海林　莫创才　蒙槐春

编写人员　(以姓名首字笔画为序)
　　　　　　王阳艳　王勇权　韦　芳　毛　艺　邓　柱
　　　　　　冯建华　宁　红　朱向卫　刘祯兴　江　乙
　　　　　　李冬霞　李永贤　李和艳　李雪玲　李　蜜
　　　　　　吴　岳　吴　彬　岑　岭　张　健　张　燕
　　　　　　陆潇原　陈玉梅　陈雪婷　陈锐亮　范秋萍
　　　　　　罗　琛　周轶群　钟　健　段德群　秦文珍
　　　　　　莫正桂　徐德芳　徐毅华　唐国娟　陶荣希
　　　　　　黄文智　黄　宁　黄华贞　黄春芳　黄晓南
　　　　　　黄　湛　黄　蕾　龚　婷　梁文兴　梁　志
　　　　　　梁杰伟　覃文瑛　谢　丰　蓝丽伟　蒙承陆
　　　　　　蒙健全　雷　瑛　黎梅芳　颜祖玲　潘冰冰

主　　审　黄宪生

# 编写说明

为了积极贯彻落实《国家中长期教育改革和发展规划纲要（2010 — 2020年）》中提出的切实提高中等职业学校学生（以下简称为中职生）综合素质的指导精神，进一步推进职业教育的改革和发展，促进学生的全面发展，陶冶学生的情操，丰富学生的文化生活，我们组织编写了《中职生诵读经典诗文 100 篇》一书。全书荟萃中外诗文精华，选材经典，内容广博，有较强的可读性、实用性、趣味性。这些历经时间考验的作品，从不同层面反映了不同时代、不同民族、不同国度的社会生活，丰富了世界文化宝库，感染和影响了成千上万的人，叩击一代又一代人的心灵。正如"读一本好书，就是同许多高尚的人对话"一样，诵读名家经典诗文，就是和大师的心灵在晤谈，给人以思想上和艺术上的双重享受。"腹有诗书气自华"，"以史为鉴可知兴替"。通过阅读本书，青少年朋友能最大限度地汲取世界文学最高成就的精华，提高自己的语文素养和能力，提升人生品位和职业素质，更重要的是可以激发学生理性思考，从中了解历史，认识许多人生和社会问题，培养青少年服务国家、服务人民的社会责任感，使其以传承中华民族优秀传统文化为己任，开拓创新，迈向成功、幸福的人生，实现生命的价值。

中国传统文化博大精深，源远流长，是历代中华儿女的智慧源泉和精神支柱；是中国人民极其宝贵的精神财富和思想资源；是让我们中华民族坚强地屹立在世界民族之林的精神武器。

中职生既不是小学生，又不是高中生，他们要不要读一些经典诗文？中外经典诗文浩如烟海，怎样选编出符合中职生需要的作品？对我们来说，这确实是一个新课题，也是一件颇为费心费力的事。我们主要考虑以下五个因素：一是传世经典，是经过时间考验的名家名篇，不是一般的应景或"田园牧歌"式的文章；二是人文精神，关注社会，尊重生命，尊重人的权利，具有悲悯情怀和责任感；三是青春快乐，寻找青春密码，领悟人生真谛，乐观进取，让青少年快乐成长；四是生动有趣，通俗幽默，在轻松愉快的氛围中让人喜欢看，喜欢诵读；五是篇幅较短，选文力求文质兼美，注重思想性、可读性、实用性和趣味性。以上五个因素，是我们选编诗文的角度，是一个总体标准。为此，我们耗费了近两年时间，几经增删修改、精挑细选，才形成此书。如果能以我们绵薄之力，让真正优秀的、"有营养"的作品与当代中职生零距离接触，不能不说是一件令人高兴的事。西汉董仲舒提出"诗无达诂"，一语道出文艺鉴赏的多义性和复杂性，由于存在千差万别的审美眼光，选编的角度也不一样，从而决定了任何一部诗文选本都不可能十全十美，也不可能获得所有读者与专家的完全肯定，这确实是一种压力。但事情总得有人先做，我们按上述方向探索了，尝试了，"他山之石，可以攻玉"，抛"砖"可以引"玉"，想到这儿，我们才稍稍松一口气。

　　本书收集了上至先秦、下讫当代、横跨中外的 100 篇经典诗文，分为国学经典诗文、唐诗、宋词、毛泽东诗词、中国现当代经典诗文、外国经典诗文等六个部分。由于所选诗文很多年代久远，文中一些汉字的用法与今有出入，但是为了保持原文风格并尊重原作者，我们没有对原文进行修改，只是对古文中个别生僻字加以注释。其中有的附有译文（指古文句首标注有"＊"符号者），以帮助读者加深对诗文的理解。有的作品篇幅较长，只能节选部分片断欣赏。每篇作品的"赏析"，有作者的简介和作品的思想艺术性分析。作者简介力求准确到位、详略得当；思想艺术分析，为读者开拓一个思维的新空间，让读者对作品有个基本的把握。"赏析"只是编者一家之言，不是"金口玉言"，只指出每篇作品的独到之处，不要求面面俱到，让读者有更多的思考和体验空间，有更多的学习积极性和主动性，有更多的独到见解和感受力。

　　本书主要由我区部分中等职业示范学校领导和语文骨干教师通力合作编写。这是我们为中职生提供的一份精神食粮；这是我们在语文教育改革园地播下的一颗种子；这是我们为丰富语文教学内容，拓宽学生的阅读范围和知识面，提高学生文化素养和阅读欣赏水平而作出的一份小小的奉献。这样的做法，是不是取得成功，就只能待读者品评和实践的检验了。

本书选用的百篇诗文可谓百朵奇葩，百家竞秀，任何一篇都可谓同类题材、体裁之典范，实则以一当十甚至更多，读者可以花更少的时间品味更多的精品。这些经典诗文就是一杯杯淳厚的精神佳酿，令人回味无穷！

不管身边的风景和人事如何变化，总是有些东西，也许是一首歌，也许是一本书，也许是几句小诗，也许是一段往事……静驻于我们心间，替我们守着不变的梦想和不老的情怀，给我们温暖，给我们希望。

徜徉经典，收获无限！我们不仅要诵读好这百篇诗文，有余力还应该读更多的精美诗文。

本书可作为中职学校语文阅读欣赏、早读课教材，可作为中职生诗文朗诵比赛用书，亦可作为青少年思想品德修养精品课外读物。

本书在编写过程中，引用了有关经典诗文的原文，汲取了一些国内外专家、学者的研究成果，未能一一注明，特此说明，并向原文作者表示崇高的敬意和由衷的感谢。

由于编者水平有限，本书疏漏或不当之处在所难免，敬请专家、同行和广大读者不吝赐教，以待我们日后修订完善。

编　者

扫一扫进入诗文广阔天地
参与更多精彩内容与互动
导读、范读、解读尽在其中

# 目录

## 国学经典诗文

## 唐 诗

1

## 宋　词

## 毛泽东诗词

## 中国现当代经典诗文

## 外国经典诗文

# 国学经典诗文

## 一 关 雎

《诗经》

关关①雎鸠，在河之洲②。
窈窕③淑女，君子好逑④。
参差⑤荇菜⑥，左右流之⑦。
窈窕淑女，寤寐⑧求之。
求之不得，寤寐思服⑨。
悠⑩哉悠哉，辗转反侧⑪。
参差荇菜，左右采之。
窈窕淑女，琴瑟友之。
参差荇菜，左右芼⑫之。
窈窕淑女，钟鼓乐之⑬。

### 【注 释】

①关关：和鸣声。雎鸠（jū jiū）：鸟名，即王雎，鱼鹰。

②在河之洲：（雌雄雎鸠）在河中的沙洲上居住着。

③窈窕（yǎo tiǎo）：美好的。亦用为美女之代称。

④好逑（hǎo qiú）：理想的配偶。逑，配偶。

⑤参差（cēn cī）：长短不齐。

⑥荇（xìng）菜：水生植物，夏天开黄色花，嫩叶可食。

⑦左右流之：在船的左右两边捞取荇菜。流，顺水势捞取、采摘。

⑧寤寐（wù mèi）：这里的意思是日日夜夜。寤，睡醒；寐，睡着。

⑨思服：思念。

⑩悠：忧思的样子。

⑪辗（zhǎn）转反侧：翻来覆去不能入睡。

⑫芼（mào）：选择，采摘。

⑬钟鼓乐之：敲击钟鼓使她快乐。乐：使……快乐。

一对雎鸠鸟相和鸣，在那河中的小沙洲上。美丽贤德的女子，是小伙子理想的对象。

长短不齐的荇菜，被方向不定的流水摇来摆去。美丽贤德的女子，小伙子日夜都想见到你。见不到你，小伙子梦寐之中都在想。绵绵无尽的思念，翻来覆去无法入眠。

长短不齐的荇菜，要左右来回采摘。美丽贤德的女子，小伙子要弹着琴瑟来亲近你。长短不齐的荇菜，要左右来回摘取。美丽贤德的女子，小伙子要敲着钟鼓来使你欢乐。

## 赏 析

《诗经》是我国最早的一部诗歌总集，约在公元前 6 世纪中叶编成，共 305 篇，分"风"、"雅"、"颂"三类。

《关雎》出自《诗经·国风·周南》，是《诗经》的首篇，它反映了一个青年男子对一位美丽贤德的女子的爱慕和追求，描写他求而不得的痛苦和想象求而得之的喜悦心情。它是我国爱情诗之祖，具有独到的艺术特色。孔子评价这首诗是快乐而不放纵，悲哀而不伤痛。《诗经》的表现手法有"赋"、"比"、"兴"三种。"赋"是直接铺叙陈述，"比"是比喻，"兴"是借物起兴，以引出下文。吟诵本篇，要反复体会"兴"这一创作方法。

# 二 蒹 葭
## 《诗经》

蒹葭①苍苍②，白露为霜。所谓伊人③，在水一方。

溯洄④从之，道阻且长。溯游⑤从之，宛⑥在水中央。

蒹葭萋萋，白露未晞⑦。所谓伊人，在水之湄⑧。

溯洄从之，道阻且跻⑨。溯游从之，宛在水中坻⑩。

蒹葭采采，白露未已⑪。所谓伊人，在水之涘⑫。

溯洄从之，道阻且右⑬。溯游从之，宛在水中沚⑭。

## 【注 释】

①蒹葭（jiān jiā）：芦荻，芦苇。

②苍苍：青色，形容繁盛的样子。

③伊人：那个人，指诗人所追寻的人。

④溯洄（sù huí）：逆流而上。

⑤溯游：顺流而下。

⑥宛：宛然，好像。

⑦晞（xī）：干。

⑧湄（méi）：岸边，水与草交接处。

⑨跻（jī）：升，登。指道路陡起。

⑩坻（chí）：水中的小洲或高地。

⑪未已：未干，指露水尚未被阳光蒸发完。

⑫涘（sì）：水边。

⑬右：迂回曲折。

⑭沚（zhǐ）：小洲，意义与文中的"坻"相同。

## 【译文】

芦苇初生青青，白色露水凝结为霜。所恋的那个心上人，在水的那边。逆着弯曲的河道寻找她，路途艰难又漫长。顺流寻找她，仿佛走到水中间。

芦苇初生茂盛，白色露水还没干。所恋的那个心上人，在水的那岸。逆着弯曲的河道寻找她，路途艰难又险阻。顺流寻找她，仿佛走到水中的沙洲。

芦苇初生鲜艳，白色露水还没完。所恋的那个心上人，在水的那头。逆着弯曲的河道寻找她，道路艰难又曲折。顺流寻找她，仿佛走到水中的沙洲。

## 赏析

《蒹葭》出自《诗经·国风·秦风》，通过对思见"伊人"而终不得见的心境描绘，抒发了一种爱慕、怀念与惆怅交织的情感。望穿秋水，相思无限，想象如见，刻骨铭心，令人感动，击节赞叹！

此诗运用四言句式，采用重章迭唱的形式，声韵和谐，极富音乐美。它语言优美，读起来朗朗上口，适于反复吟诵。

# 三 静 女

### 《诗经》

静女其姝①，俟②我于城隅。爱③而不见，搔首踟蹰④。

静女其娈⑤，贻我彤⑥管。彤管有炜⑦，说⑧怿⑨女⑩美。

自牧归⑪荑⑫，洵⑬美且异。匪女⑭之为美，美人之贻。

## 【注释】

①姝（shū）：美好的样子。

②俟（sì）：等待。

③爱：薆的假借字，即隐藏。一说指可爱。

④踟蹰（chí chú）：形容心中迟疑，要走不走的样子。

⑤娈（luán）：即相貌美。

⑥彤（tóng）：红色。

⑦炜（wěi）：鲜亮的样子。

⑧说（yuè）：通"悦"。

⑨怿（yì）：喜悦。

⑩女：通"汝"，你。这里指代"彤管"。

⑪归（kuì）：通"馈"，即赠送。

⑫荑（tí）：指初生的茅草。

⑬洵（xún）：诚然、确实。

⑭匪女：匪，通"非"；女，通"汝"，这里指代"荑"。"匪女"意思是"不是荑草（美）"。

## 【译 文】

娴雅的女子多么美丽，约我等在城角旁。视线遮蔽看不见，我挠头徘徊没主意。

娴雅的女子多么俊俏，送给我红色管茎草。红色管茎草啊鲜亮，喜欢你的美姿。

采自牧场的小草，实在美得出奇。不是你本身美，（只因为）是美丽的人儿赠送的。

## 赏 析

《静女》选自《诗经·邶风》，是一首描述热恋情景和讴歌爱情甜蜜的情歌。诗的内容是写一对青年男女幽会的情景。

全诗以男子的视角，生动地描绘了他们约会的过程——男子去赴约，女子向男子赠物来表达爱情。全诗充满愉快而悠然的情趣。男女约会，女的躲躲藏藏，男的急得发慌。见面了，女的赠他一棵草，男的当个宝。这大概是我们迄今为止读到最纯真的情歌之一，它把少女的天真无邪，少男的天真烂漫勾画得栩栩如生，生动地反映了古代劳动人民纯朴的爱情生活和热恋中的情趣，耐人寻味。

全诗句式长短相宜、错落有致，抒情真率自然，具有强烈的生活气息和朴实自然的艺术风格。

# 四 论语（节选）

1. 子曰："学而时习之，不亦说<sup>①</sup>乎？有朋自远方来，不亦乐乎？人不知而不愠<sup>②</sup>，不亦君子乎？"

## 【注 释】

①说（yuè）：通"悦"，愉快、高兴的意思。

②愠（yùn）：恼怒，怨恨。

2. 曾子曰："吾日三省<sup>①</sup>吾身：为人谋而不忠乎？与朋友交而不信乎？传不习乎？"

## 【注 释】

①三省（xǐng）：多次反省。三省有几种解释：一是三次检查；二是从三个方面检查；三是多次检查。其实，古代在有动作性的动词前加上数字，表示动作频率高，不必认定为三次。

3. 子曰："君子食无求饱，居无求安，敏于事而慎于言，就有道而正焉，可谓好学也已。"

*4. 子曰："吾十有五而志于学，三十而立，四十而不惑，五十而知天命，六十而耳顺，七十而从心所欲，不逾矩。"

## 【译　文】

孔子说："我十五岁开始立志于研究学问。到了三十岁，知书达理，能够立身处世。到了四十岁，对自己的言行学说坚信不疑。到了五十岁，懂得世事的发展，懂得了天命。到了六十岁，已经能理解和泰然地对待听到的一切。到了七十岁，可以随心所欲而又不越出应有的规矩。"

5. 子曰："温故而知新，可以为师矣。"
*6. 子曰："学而不思则罔①，思而不学则殆②。"

## 【注　释】

①罔（wǎng）：迷惑、糊涂。
②殆（dài）：疑惑、危险。

## 【译　文】

孔子说："只读书而不思考，就会越学越糊涂；只思考不读书，就会疑惑不解。"

7. 子曰："见贤思齐焉，见不贤而内自省也。"
8. 子曰："敏而好学，不耻下问，是以谓之'文'也。"
9. 子曰："德不孤，必有邻。"
10. 子曰："知之者不如好之者，好之者不如乐之者。"
11. 子曰："知①者乐水，仁者乐②山。知者动，仁者静。知者乐，仁者寿。"

## 【注　释】

①知（zhì）：通"智"。
②乐（yào）：喜爱。

12. 子曰："默而识①之，学而不厌，诲②人不倦，何有于我哉③？"

## 【注　释】

①识（zhì）：记住。　　　　　　　③何有于我哉：对我有什么难呢？
②诲：教诲。

13. 子曰："三人行，必有我师焉。择其善者而从之，其不善者而改之。"
14. 子曰："君子坦荡荡①，小人长戚戚②。"

## 【注　释】

①坦荡荡：心胸宽广、开阔。
②长戚戚：经常忧愁、烦恼、恐惧的样子。

15. 子曰："后生可畏，焉知来者之不如今也？"
16. 子曰："三军可夺帅也，匹夫不可夺志也。"
17. 子曰："知者不惑，仁者不忧，勇者不惧。"
18. 子曰："君子成人之美，不成人之恶；小人反是。"
19. 子曰："其身正，不令而行；其身不正，虽令不从。"
20. 子曰："工欲善其事，必先利其器。"
21. 子曰："人无远虑，必有近忧。"
22. 子曰："小不忍，则乱大谋。"
*23. 樊迟问仁，子曰："爱人。"问知，子曰："知人。"

## 【译　文】

樊迟问孔子什么是"仁"，孔子说："关爱人。"又问什么是"智"，孔子说："鉴别人。"

24. 子在川上曰："逝者如斯夫！不舍昼夜。"
25. 子曰："岁寒，然后知松柏之后凋也。"
26. 有子曰："礼之用，和为贵。"
*27. 子曰："己所不欲，勿施于人。"

## 【译 文】

孔子说："自己不想要的东西，就不要强加给别人。"

*28. 子曰："君子和而不同，小人同而不和。"

## 【译 文】

孔子说："君子能通过发表不同的意见与人交流，以达到统一，却不苟同；小人只是苟同，虽然彼此认识不统一，但却不肯发表自己的意见。"

29. 子曰："自古皆有死，民无信不立。"

*30. 子曰："弟子入则孝，出则弟，谨而信，泛爱众，而亲仁。行有余力，则以学文。"

## 【译 文】

孔子说："年轻人在家便孝顺父母，出外便敬爱兄长，谨慎少说，说则诚实可信，博爱大众，亲近有仁德的人，先学会做品德好的人，有多余的力量，就去学习文化知识。"

### 赏 析

孔子（公元前551—公元前479），名丘，字仲尼，春秋时期鲁国人，思想家、政治家、教育家、儒家学派的创始人。战国时代的"百家争鸣"及中国几千年来的思想和文化传统都是与孔子的学说分不开的。孔子极力倡导"仁政"，要求为政者要爱惜百姓生命，关心人民生活，使国家富强、人民安定。他主张的"仁、义、礼、智、信"仍然是当今中国社会主流价值观的根基，是中华民族历久弥新的文化、精神源泉。

《论语》是儒家学派的经典著作之一，由孔子的弟子及其再传弟子编撰而成。它以语录体和对话文体为主，记录了孔子及其弟子的言行，集中体现了孔子的政治主张、伦理思想、道德观念及教育原则等。直到今天，《论语》中的许多名言仍然具有积极的思想意义并为人所称道。《论语》语言简练含蓄，有的具有格言的性质，富有哲理性；有的还有一定的形象性，具体生动。如"和为贵"、"君子和而不同"，点明中国文化的精髓就是"和谐"，对于我们现在构建和谐社会、倡导和谐世界，就很有指导作用和现实意义。如"岁寒，然后知松柏之后凋也"、"子在川上曰：逝者如斯夫"等，就包含着一定的人生哲理，表述生动，令人过目不忘，使人得到深刻启迪。

# 五 生于忧患，死于安乐

孟 子

舜发于畎亩之中①，傅说举于版筑之间②，胶鬲举于鱼盐之中③，管夷吾举于士④，孙叔敖举于海⑤，百里奚举于市⑥。

故天将降大任于斯人也，必先苦其心志，劳其筋骨，饿其体肤，空乏其身，行拂乱其所为，所以动心忍性，曾⑦益其所不能。

人恒过，然后能改；困于心，衡于虑⑧，而后作；征于色，发于声，而后喻。入则无法家拂士，出则无敌国外患者⑨，国恒亡。然后知生于忧患，而死于安乐也。

## 【注 释】

①舜（shùn）发于畎（quǎn）亩之中：舜是从田野间发迹的。舜原来在历山耕田，三十岁时，被尧起用，后来继承尧的君主之位。发，起，指被任用。于，介词，从。畎亩，泛指田野，田地、田间。

②傅说（yuè）举于版筑之间：傅说从筑墙的工作中被举拔出来。傅说，商朝人，为人筑墙，殷王武丁访寻他，用他为相。版筑，筑墙。

③胶鬲（gé）举于鱼盐之中：胶鬲是从卖鱼盐的商贩子中被举拔出来。胶鬲，商朝贤臣，起初贩卖鱼和盐，周文王把他举荐给纣。后来又辅佐周武王。

④管夷吾举于士：管夷吾从狱官手里获释放被举拔出来。管夷吾，管仲。士，狱官。管仲作为罪人被押解回国，齐桓公知道他有才能，即用他为相。

⑤孙叔敖举于海：孙叔敖是从隐居的海边被举用进了朝廷的。孙叔敖，春秋时期楚国人，隐居海滨，楚庄王知道他有才能，用他为令尹（宰相）。

⑥百里奚（xī）举于市：百里奚从市井里被举用而登上相位的。百里奚，春秋时期虞国大夫，后逃到楚，秦穆公用五张羊皮把他赎出来，用为大夫。市，市场。

⑦曾：同"增"，增加。

⑧衡于虑：思虑被阻塞。衡，横。"横"与"塞"义相近。

⑨出则无敌国外患者：出，指国外。敌，实力相当、相互匹敌。意思是国外没有相与抗衡的邻国和外来的祸患。

## 【译 文】

舜从庄稼地里被举用，傅说从建筑工地被举用，胶鬲从鱼盐市场被举用，管夷吾从牢狱中被举用，孙叔敖从隐居的海边被举用，百里奚从交易市场里被举用。由此可见，天若要把重任交给某个人，一定先要磨炼他的意志，使他辛苦劳累，使他忍饥挨饿，使他深受穷困，使他做事总是遭受打击，这样可以使他的内心坚强，性格坚韧，增长他的才干。

人都会犯错误，然后才能认识改正；心中困惑，思虑堵塞，才能奋起有所作为；而这些从脸色上显露出来，在叹息声中表现出来，然后才能为人们所了解。一个国家，如果内部没有坚持法制的大臣和胜任辅佐的贤士，外部没有势均力敌的邻国和敌国外患的侵扰，这样的国家总是容易衰亡。然后我们知道在忧患逆境中不断奋发而生存，在安逸享乐中不思进取而灭亡的道理。

## 赏　析

　　孟子（约公元前372—公元前289），名轲，战国时期思想家、教育家、政治家，孔子之后儒家学派最重要的代表人物。孟子约在20多岁后，开始广招门徒，传授儒家学说。40多岁后，开始率弟子周游列国，希望能寻找到圣明君主采纳他的"仁政"方案，个人也可大展宏图。孟子在游说诸侯的过程中，敢于直言不讳，保持自己的人格尊严。其文章气势充沛，感情强烈，笔带锋芒，富有鼓动性，有雄辩家的气概。常用夸张、比喻的手法和寓言故事增强说服力。

　　本文出自中国著名儒家典籍《孟子》，题目是后人加的。文章采用事实举例和道理论证相结合的方法，层层深入地论证了"生于忧患，死于安乐"的观点。全文举了舜帝、傅说、胶鬲、管仲、孙叔敖、百里奚六人的事例，阐述了担当"大任"者必经磨难的道理，逐层深入，结构严密，论证充分，逻辑性和说服力强，很值得认真阅读、品味。

# 六　劝学（节选）

荀　子

　　君子曰：学不可以已①。青取之于蓝，而青于蓝；冰水为之，而寒于水。木直中绳②，輮③以为轮，其曲中规；虽有槁暴④，不复挺者，輮使之然也。故木受绳则直，金⑤就砺⑥则利，君子博学而日参省乎己⑦，则知明而行无过矣。

　　吾尝终日而思矣，不如须臾⑧之所学也。吾尝跂⑨而望矣，不如登高之博见也。登高而招，臂非加长也，而见者远；顺风而呼，声非加疾也，而闻者彰。假⑩舆⑪马者，非利足⑫也，而致千里；假舟楫者，非能水也，而绝江河。君子生非异⑬也，善假于物也。

　　积土成山，风雨兴焉；积水成渊，蛟龙生焉；积善成德，而神明⑭自得，圣心备焉。故不积跬⑮步，无以至千里；不积小流，无以成江海。骐骥⑯一跃，不能十步；驽马⑰十驾，功在不舍。锲而舍之，朽木不折；锲而不舍，金石可镂。蚓无爪牙之利，筋骨之强，上食埃土，下饮黄泉，用心一也⑱。蟹八跪⑲而二螯⑳，非蛇鳝之穴无可寄托者，用心躁也。

①已：停止。

②中（zhòng）绳：（木材）合乎拉直的墨线。木工用拉直的墨线来取直。

③鞣（róu）：通"煣"，以火烘木，使其弯曲。

④虽有槁暴（gǎo pù）：即使又被风吹日晒而干枯了。

⑤金：指金属制的刀剑等。

⑥就砺（lì）：拿到磨刀石上去磨。砺，磨刀石。就，动词，接近，靠近。

⑦参省（cān xǐng）乎己：对自己检查、省察。

⑧须臾：片刻，一会儿。

⑨跂：提起脚后跟。

⑩假：借助，凭借。

⑪舆（yú）：车。

⑫利足：行走便利、迅速。

⑬生（xìng）非异：本性（同一般人）没有差别。生，通"性"，天赋、资质。

⑭神明：精神智慧。

⑮跬（kuǐ）：古代的半步。古代称跨出一脚为"跬"，跨两脚为"步"。

⑯骐骥（qí jì）：千里马。

⑰驽（nú）马十驾：劣马拉车连走十天（也能走得很远）。驽马，劣马。驾，马拉车一天所走的路程叫"一驾"。

⑱用心一也：（这是）因为用心专一（的缘故）。

⑲八跪：八，原为六，后卢文弨校改为八。跪，足。

⑳螯（áo）：蟹钳。

## 赏　析

荀子（约公元前313—公元前238），名况，战国末期思想家，教育家，他对春秋以来的儒学有所继承，也有所修正、发展。尊王道，也称霸力；崇礼仪，亦言法治；讲"原先王"，又提出"法后王"。其学说反映了当时新兴地主阶级的进步意识和要求。《劝学》是《荀子》一书的首篇，围绕"学不可以已"这一中心论点，着重论述了学习的重要意义和应持的态度，提出了"青出于蓝而胜于蓝"的著名论断，总结出循序渐进、专心致志、持之以恒等学习经验。文章严谨细密，条理清晰，词汇丰富，用类比和引证的方式论述问题。通篇辞采缤纷，比喻层出不穷，令人有应接不暇之感。

# 七　道德经（节选）

### 老　子

上善若水。水善利万物而不争，处众人所恶，故几於道矣①。居善地②，心善渊③，与善仁④，言善信，政善治，事善能，动善时。夫惟不争，故无尤⑤。

## 【注 释】

①几：接近。

②地：最低下的地方。

③渊：深的意思。

④仁：自然无私。

⑤尤：过失。

## 【译 文】

最高境界的善行就像水，泽被万物而不争名利，停留在众人都不喜欢的地方，所以最接近于"道"。

最善的人，居处最善于选择地方，心胸善于保持沉静而深不可测，待人善于真诚、友爱和无私，说话善于恪守信用，为政善于精简处理，能把国家治理好，处事能够善于发挥所长，行动善于把握时机。最善的人所作所为正因为有不争的美德，所以没有过失，也就没有怨尤。

## 赏 析

老子，姓李名耳，春秋末期楚国思想家，道家学派的创始人。其著作《老子》又称《道德经》、《老子五千文》，是中国历史上首部完整的哲学著作。老子在本书中提出的一系列朴素辩证法观点，推测到一切事物都有正反两面的对立，而且都会相互转化，如美丑、善恶、是非、强弱、成败等，堪称是中国传统文化中的精粹。

本文选自《道德经》第八章，阐述了以柔克刚、以退为进、以不争达到争的处事原则。老子认为：拥有最高德行的人就如水一样，泽被万物而不争名利，具有宽广的胸怀、谦虚的品格、与人无争的情操、宽厚诚实的作风，这些最接近"大道"的本质，是人类最应效仿的德行。水是有灵性的，它懂得遵循自然，顺势而为，决不与人相争，这样既成全了别人也保全了自己，助人而自乐，因而也就不会遭到他人的怨恨和嫉妒，免去纷扰烦恼，活得逍遥自在。老子身历社会巨变，深悟世事变幻无穷，他的这种以柔克刚的"不争"观点，是一种人生的大智慧。

## 八 孙子兵法（节选）

### 孙 武

1. 孙子曰：兵者，国之大事，死生之地，存亡之道，不可不察也。（《始计篇》）

*2. 兵者，诡道也。故能而示之不能，用而示之不用，近而示之远，远而示之近。利而诱之，乱而取之，实而备之，强而避之，怒而挠之，卑而骄之，佚而劳之，亲而离之。攻其不备，出其不意。此兵家之胜，不可先传也。（《始计篇》）

【译　文】

　　用兵打仗要实施诡诈、变化的策略，能攻而装作不能攻，想打而装作不想打，要在近处行动而装出要在远处行动，要在远处行动而装出要在近处行动。对于贪婪的敌人要以小利引诱，对于阵脚混乱的敌人要趁机攻击，对于力量充实的敌人要加倍防备，对于强大的敌人要暂时避开，对于易怒的敌人要骚扰激怒它，对于轻视我方的敌人要使其更加骄傲，对于休整得充分的敌人要设法使其疲惫，对于内部团结的敌人要施计使其离间。要在敌人无准备的状态下发动攻击，要在敌人意想不到的情况下采取行动。这些都是兵家制胜的奥妙，是不可事先规定好的。

　　*3. 故善用兵者，屈人之兵，而非战也；拔人之城，而非攻也；毁人之国，而非久也。必以全争于天下，故兵不顿而利可全，此谋攻之法也。（《谋攻篇》）

【译　文】

　　善于用兵打仗之人，不必交战就能使敌军屈服，不靠硬攻就能夺取城池，不需久战便能灭亡敌国。用完善的计策争胜于天下，兵力不至于折损，胜利却可以圆满地取得，这就是谋攻的法则。

　　4. 故曰：知彼知己者，百战不殆；不知彼而知己，一胜一负；不知彼，不知己，每战必殆。（《谋攻篇》）

　　*5. 夫兵形象水，水之行避高而趋下，兵之行避实而击虚。水因地而制流，兵因敌而制胜。故兵无常势，水无常形；能因敌变化而取胜者，谓之神。故五行无常胜，四时无常位，日有短长，月有死生。（《虚实篇》）

## 【译　文】

用兵的规律像水的流动，水流动的态势是避开高处而流下低处，用兵的规律是避开敌人坚实之处而攻其虚弱的地方。水流根据地形变化流向，用兵则依敌情变化而决定制胜方略。所以，用兵作战没有固定的方法，就像水没有固定的流向一样。能依据敌情变化采取灵活战略而取胜的，就称得上用兵如神了。用兵的规律就像自然现象一样，五行相生相克，四季依次更替，白天有短有长，月亮有盈有亏，永远处于变化之中。

## 赏　析

《孙子兵法》是中国古代军事专著，由春秋末期军事学家孙武所作。孙武本是齐国人，避乱到吴国，吴王阖闾用为将。吴军西破强楚，北逼齐晋，扬名诸侯，都得力于他的兵法。《孙子兵法》今存本共十三篇，具体而深入地论述了战争中的一系列问题，揭示了战争的一些重要规律和取胜的原则、条件与策略。它历来被奉为"兵家圣典"、"商业天条"、"外交必读"，已然超出军事范畴，渗透到社会生活的各个领域，并产生广泛而深远的影响。20世纪90年代海湾战争中，以美国为首的盟国军队，人手一册《孙子兵法》；日本松下电器公司创始人松下幸之助多次说："中国古代先哲孙子，是天下第一神灵，我公司职员必须顶礼膜拜，认真背诵《孙子兵法》，灵活运用，公司才能兴旺发达。"《孙子兵法》不仅是中国人的财富，也是全世界人民的精神食粮。

本文节选的五段文字，其涵义如下：

第一段为《孙子兵法》开头语，统领全文。提出战争是国家的大事，它关系到士兵的生死、国家的存亡，因此不能不认真考察研究。强调对战争要"深谋远虑"，"胜兵先（谋）胜而后求战"，运筹于帷幄之中，决战于千里之外，做好军事上的战略运筹，对未来战斗做基本估计。

第二段指出用兵打仗是一种诡诈的行为，是一种谋略。文中"诡道十二法"可分为两类，一类是"示形"以机诈取胜；一类是"权变"，即各种情况下灵活运用不同的作战方法。

第三段贯穿第一条"全胜"的战略思想原则，指出战争要力求全胜，从这个目标出发，就要从政治上降服敌人，从军事上战胜对手，不战而屈人之兵是最好的战略。

第四段说明"知己知彼"是战场上全胜的重要方法，了解敌人的虚实，又了解自己的强弱，根据具体情况指挥作战，才能百战百胜。

第五段说明用兵的规律像水，要因势变化，灵活机动，采取"避实而击虚"、"因敌而制胜"的作战原则。

# 九　邹忌讽齐王纳谏
### 《战国策》

邹忌修①八尺有余，而形貌昳丽②。朝服衣冠窥镜，谓其妻曰："我孰与城北徐公美③？"其妻曰："君美甚，徐公何能及君也？"城北徐公，齐国之美丽者也。忌不自信，而复问其妾曰："我孰与徐公美？"妾曰："徐公何能及君也！"旦日，客从外来，与坐谈，问之客曰："吾与徐公孰美？"客曰："徐公不若君之美也。"

明日，徐公来。孰视之，自以为不如；窥镜而自视，又弗如远甚④。暮寝而思之，曰："吾妻之美我者，私我也；妾之美我者，畏我也；客之美我者，欲有求于我也。"

于是入朝见威王，曰："臣诚知不如徐公美，臣之妻私臣，臣之妾畏臣，臣之客欲有求于臣，皆以美于徐公⑤。今齐地方千里，百二十城。宫妇左右，莫不私王；朝廷之臣，莫不畏王；四境之内，莫不有求于王：由此观之，王之蔽甚矣！"

王曰："善。"乃下令："群臣吏民，能面刺⑥寡人之过者，受上赏；上书谏寡人者，受中赏；能谤议于市朝⑦，闻寡人之耳者，受下赏。"令初下，群臣进谏，门庭若市。数月之后，时时而间⑧进。期年⑨之后，虽欲言，无可进者。燕、赵、韩、魏闻之，皆朝⑩于齐。此所谓战胜于朝廷⑪。

**【注 释】**

①修：长，这里指身高。

②昳（yì）丽：容貌美丽。

③我孰与城北徐公美：我同城北徐公比，哪一个美？

④弗如远甚：远远地不如。

⑤皆以美于徐公：都认为（我）比徐公美。

⑥面刺：当面指责。

⑦谤议于市朝：在公共场合议论（君王的缺点）。

⑧间（jiàn）：间或，偶尔。

⑨期（jī）年：满一年。

⑩朝（cháo）：朝拜。

⑪战胜于朝廷：在朝廷上战胜别国。即内政修明，不需用兵就能战胜敌国。

## 赏析

《战国策》是战国时期游说之士的策谋和言论的汇编，西汉刘向编订为三十三篇。

本文是从《战国策·齐策》中节录的。齐相邹忌用自己的私事比喻国事向齐王进谏，说明君主容易受蒙蔽的情况，讽喻齐王广开言路、修明政治，从而使得"齐国大治"。这个故事深刻地说明了"兼听则明，偏听则暗"的道理。一个人如果受了蒙蔽，就会是非不明，美丑不分，把事情弄坏；只有除掉了"私"、"畏"、"有求"这三蔽，广开言路，体察实情，才能分清真伪，辨别善恶，区分是非，把事情办好。

文章通过暗示、比喻，运用以小喻大、以微见著的方法来说理，喻妙理切，委婉动听，使人容易理解并乐于接受。这种巧设辞令的说理方法，生动形象，说服力强，是本文最显著的艺术特色。本篇文笔恣肆生动，酣畅淋漓，写人物活动栩栩如生，铺陈排比，写得非常精彩，因而流传至今。

# 十 弟子规

### 李毓秀

#### 总 叙

弟子规，圣人训。首孝弟[①]，次谨信。

泛爱众，而亲仁，有余力，则学文。

#### 入则孝

父母呼，应勿缓，父母命，行勿懒。

父母教，须敬听，父母责，须顺承。

冬则温，夏则清，晨则省，昏则定。

出必告，反[②]必面，居有常，业无变。

事虽小，勿擅为，苟擅为，子道亏。

物虽小，勿私藏，苟私藏，亲心伤。

亲所好，力为具[③]，亲所恶，谨为去。

身有伤，贻[④]亲忧，德有伤，贻亲羞。

亲爱我，孝何难？亲恶我，孝方贤。

亲有过，谏使更，怡[⑤]吾色，柔吾声。

谏不入，悦复谏，号泣随，挞无怨。

亲有疾，药先尝，昼夜侍，不离床。

丧三年，常悲咽，居处变，酒肉绝。

丧尽礼，祭尽诚，事死者，如事生。

#### 出则弟

兄道友，弟道恭，兄弟睦，孝在中。

财物轻，怨何生，言语忍，忿自泯[⑥]。

或饮食，或坐走，长者先，幼者后。

长呼人，即代叫，人不在，己即到。

称尊长，勿呼名，对尊长，勿见⑦能。

路遇长，疾趋揖⑧，长无言，退恭立。

骑下马，乘下车，过犹待，百步余。

长者立，幼勿坐，长者坐，命乃坐。

尊长前，声要低，低不闻，却非宜。

进必趋，退必迟，问起对，视勿移。

事⑨诸父，如事父，事诸兄，如事兄。

### 谨

朝起早，夜眠迟，老易至，惜此时。

晨必盥⑩，兼漱口，便溺回，辄净手。

冠必正，纽必结，袜与履，俱紧切⑪。

置冠服，有定位，勿乱顿⑫，致污秽。

衣贵洁，不贵华，上循分，下称⑬家。

对饮食，勿拣择，食适可，勿过则。

年方少，勿饮酒，饮酒醉，最为丑。

步从容，立端正，揖深圆⑭，拜恭敬。

勿践阈⑮，勿跛倚⑯，勿箕踞⑰，勿摇髀⑱。

缓揭帘，勿有声，宽转弯，勿触棱。

执虚器，如执盈，入虚室，如有人。

事勿忙，忙多错，勿畏难，勿轻略⑲。

斗闹场，绝勿近，邪僻<sup>⑳</sup>事，绝勿问。

将入门，问孰<sup>㉑</sup>存，将上堂，声必扬。

人问谁，对以名，吾与我，不分明。

用人物，须明求，倘不问，即为偷。

借人物，及时还，人借物，有勿悭。

### 信

凡出言，信为先，诈与妄<sup>㉒</sup>，奚<sup>㉓</sup>可焉？

话说多，不如少，惟其是，勿佞巧<sup>㉔</sup>。

刻薄语，秽污词，市井气，切戒之。

见未真，勿轻言，知未的<sup>㉕</sup>，勿轻传。

事非宜，勿轻诺，苟轻诺，进退错。

凡道字<sup>㉖</sup>，重且舒，勿急疾，勿模糊。

彼说长，此说短，不关己，莫闲管。

见人善，即思齐，纵去远，以渐跻<sup>㉗</sup>。

见人恶，即内省，有则改，无加警。

惟德学，惟才艺，不如人，当自砺。

若衣服，若饮食，不如人，勿生戚<sup>㉘</sup>。

闻过怒，闻誉乐，损友来，益友却。

闻誉恐，闻过欣，直谅<sup>㉙</sup>士，渐相亲。

无心非<sup>㉚</sup>，名为错，有心非，名为恶。

过能改，归于无，倘掩饰，增一辜<sup>㉛</sup>。

## 泛爱众

凡是人，皆须爱，天同覆，地同载。

行高者，名自高，人所重，非貌高。

才大者，望自大，人所服，非言大。

己有能，勿自私，人有能，勿轻訾[32]。

勿谄[33]富，勿骄[34]贫，勿厌故，勿喜新。

人不闲，勿事搅，人不安，勿话扰。

人有短，切莫揭，人有私，切莫说。

道人善，即是善，人知之，愈思勉。

扬人恶，即是恶，疾[35]之甚，祸且作。

善相劝，德皆建，过不规，道两亏。

凡取与[36]，贵分晓，与宜多，取宜少。

将加人，先问己，己不欲，即速已[37]。

恩欲报，怨欲忘，报怨短，报恩长。

待婢仆，身贵端，虽贵端，慈而宽。

势服人，心不然，理服人，方无言。

## 亲仁

同是人，类不齐，流俗众，仁者稀。

果仁者，人多畏，言不讳，色[38]不媚。

能亲仁，无限好，德日进，过日少。

不亲仁，无限害，小人进，百事坏。

余力学文

不力行，但学文，长浮华，成何人。
但力行，不学文，任己见，昧[39]理真。
读书法，有三到，心眼口，信皆要。
方读此，勿慕彼，此未终，彼勿起。
宽为限[40]，紧用功，功夫到，滞塞通。
心有疑，随札记[41]，就人问，求确义。
房室清，墙壁净，几案洁，笔砚正。
墨磨偏，心不端，字不敬[42]，心先病。
列典籍，有定处，读看毕，还原处。
虽有急，卷束齐，有缺坏，就补之。
非圣书，屏[43]勿视，蔽聪明，坏心志。
勿自暴，勿自弃，圣与贤，可驯致[44]。

## 【注　释】

①弟（tì）：通“悌”，尊敬兄长。
②反：通“返”，回家。
③具：准备齐全。
④贻：遗留、留给，这里引申为让。
⑤怡（yí）：和悦。
⑥忿（fèn）自泯（mǐn）：怨恨自然消失。
⑦见：通“现”，这里意为表现、卖弄。
⑧揖：作揖，鞠躬。
⑨事：对待。
⑩盥（guàn）：洗脸，梳洗。
⑪紧切：绑紧系牢。
⑫顿：放置。
⑬称：相配。
⑭揖深圆：作揖时要深弯腰，两手揖拜动作要到位，画出一个圆弧。
⑮阈（yù）：门槛。
⑯跛倚：斜站着。
⑰箕踞（jī jù）：两腿张开坐着。
⑱髀（bì）：大腿。
⑲略：忽略。
⑳僻：怪僻，不正当。
㉑孰：谁。
㉒妄：没有根据的胡说。
㉓奚：何，怎么。
㉔佞（nìng）巧：奸诈，花言巧语。
㉕的：确实，准确。
㉖道字：说话吐字。
㉗跻（jī）：赶上，提高。
㉘戚：悲伤。
㉙直谅：正直诚信。
㉚非：过错。
㉛辜：过错，罪过。
㉜轻訾（zǐ）：轻视，诋毁。
㉝谄（chǎn）：讨好，献媚。
㉞骄：小看，轻视。
㉟疾：憎恨，厌恶。
㊱与：给予。
㊲速已：马上停止。
㊳色：脸色，表情。
㊴昧：不明白。

⑩限：期限。

㊶札记：读书笔记。

㊷敬：工整。

㊸屏：屏除，丢掉。

㊹驯致：渐渐达到。

## 赏 析

《弟子规》原名《训蒙文》，为清朝康熙年间秀才李毓秀所作。其内容根据《论语》"学而篇"第六条中"弟子入则孝，出则弟，谨而信，泛爱众，而亲仁，行有余力，则以学文。"的文义，以三字一句、两句一韵编纂而成。全文分为八个部分，具体阐述为人子弟在家、出外、待人接物、求学应有的礼仪与规范，特别讲究家庭教育与生活教育。后经修订改编，改名为《弟子规》，它是教育子弟知伦理、尽本份、防邪佞、存善诚，养成忠厚家风的最佳读物。《弟子规》是学习古圣先贤为人处世智慧的典籍，它体现了中华民族历经千年沉淀的智慧。我们青少年要传承优秀的民族文化传统，紧跟时代的步伐，学会做人，勤奋学习，快乐健康地成长！

# 唐 诗

## 十一 春 晓

孟浩然

春眠不觉晓，
处处闻啼鸟。
夜来风雨声，
花落知多少。

## 【译 文】

春日酣睡，醒来不觉天早已大亮了，处处都听到悦耳的鸟鸣声。回想昨夜里沙沙的风声、雨声，不知吹落了多少花儿。

## 赏 析

孟浩然（689—740），名浩，字浩然，襄州襄阳（今湖北襄樊市襄阳区）人，世称孟襄阳，以写田园山水诗而知名。他的诗风清新高远，韵味悠长。孟浩然与另一位山水田园诗人王维齐名，并称"王孟"。因他一生未曾入仕，所以又被称为孟山人。其代表作品有《夏日南亭怀辛大》、《过故人庄》、《宿建德江》等。

"夜来风雨声，花落知多少。"表达了诗人喜春而惜春的情感，构思独到。这首诗的语言自然朴素，通俗易懂，却又耐人寻味。

## 十二 相 思

王 维

红豆生南国，
春来发几枝？
愿君多采撷<sup>①</sup>，
此物最相思。

①采撷（xié）：采摘。

【译　文】

　　生长于南方的红豆树，入春以来不知长出多少枝条。希望你秋天多多采摘红豆，这一粒粒的红豆最能寄寓离别相思之情。

**赏析**

　　王维（701？—761），字摩诘，祖籍今山西祁县，晚年长期吃斋奉佛，因此也有人称其为"诗佛"，今存诗400余首，有《王摩诘文集》传世。他的山水诗通过对田园山水的描绘，叙写隐逸情趣和佛教禅理，体物精细，状写传神，具有独特成就。除了擅长写诗，他还擅长书画，精通音乐。苏轼称王维的作品"诗中有画，画中有诗"。

　　这首诗情调高雅，思绪饱满，语言朴素无华，韵律和谐柔美。在诗中诗人满腹情思却未曾直接表白，而是巧妙地借助红豆的象征意义，将自己的相思之情表达得入木三分。

# 十三　悯农①

李　绅

锄禾②日当午，
汗滴禾下土。
谁知盘中餐，
粒粒皆辛苦。

【注　释】

①悯（mǐn）农：悯，同情。李绅有《悯农》诗二首，这是其中一首。
②锄禾：为庄稼锄草松土。

【译　文】

　　烈日当空，农民还在田间锄草，汗珠一滴滴掉在庄稼下面的土地上。有谁知道那盘中的粮食，每一粒米饭都蕴含着农民的千辛万苦。

**赏 析**

李绅（772—846），字公垂，无锡（今江苏省无锡）人。他青年时曾目睹农民终日劳作而不得温饱，因此怀着同情和愤慨的心情，写出了千古传诵的《悯农》诗二首，其中的"四海无闲田，农夫犹饿死"、"谁知盘中餐，粒粒皆辛苦"等已成为传世名句，而他则被誉为"悯农诗人"。

这首悯农诗，写出了农民劳动的艰辛和对粮食的珍惜之情。

## 十四　游子吟

孟　郊

慈母手中线，
游子身上衣。
临行密密缝，
意恐①迟迟归。
谁言寸草②心，
报得三春晖③！

**【注　释】**

①意恐：担心。
②寸草：小草，比喻游子。
③三春晖：春天的阳光，比喻母爱。

**【译　文】**

慈母拿着针线，为远行的儿子赶制身上的衣衫。临行前一针针密密地缝，怕的是儿子迟迟难归，衣衫破损。有谁敢说，子女像小草那样微弱的孝心，能够报答得了像春晖普泽般的慈母恩情呢？

**赏 析**

孟郊（751—814），字东野。早年隐居嵩山，近50岁中进士，曾任溧阳县尉，一生穷困潦倒。孟郊和当时的贾岛都以"苦吟"著称，被人称为苦吟诗人。又因两人作品中都擅长刻画穷愁之状、饥寒之态，所以又有"郊寒岛瘦"之说。韩愈很推崇二人。孟郊的诗语言朴素，感情深挚，著有《孟东野集》十卷。

这是一首母爱的颂歌。在诗人饱尝世态炎凉、穷愁终身之际，愈觉亲情母爱之可贵。"诗从肺腑出，出辄愁肺腑"（苏轼《读孟郊诗》）。这首诗，虽无藻绘与雕饰，然而清新流畅，淳朴素淡中正见其诗味的浓郁醇美。

# 十五　登鹳雀楼

### 王之涣

白日依山尽，
黄河入海流。
欲穷千里目，
更①上一层楼。

## 【注　释】

①更：再。

## 【译　文】

夕阳西沉，渐渐没入连绵的群山，黄河奔腾，滚滚汇入浩瀚的大海。虽然眼前一片壮阔，但要打开千里视野，看得更清更远，那还须再登上一层高楼。

## 赏　析

王之涣（688—742），字季凌，他豪放不羁，常击剑悲歌。其诗多被当时乐工制曲歌唱，以描写边疆风光著称。他常与高适、王昌龄等相唱和，诗风雄健壮阔，为时人所重。其代表作有《登鹳雀楼》、《凉州词》等。

在这首诗中，诗人没有拘泥于山水楼阁本身的具体形态，而是善于迅捷地抓住山水与鹳雀楼之间最突出的视觉特征，给读者创造一种豪放的眼界与胸襟开阔感。只有不断攀登，不断进取，不断以更高的标准要求自己，才能在思想上达到愈来愈高的境界，在事业上取得愈来愈高的成就。人生就像登楼，这是很有教益的生活哲理。

## 十六 咏 柳

贺知章

碧玉①妆成一树②高，
万条垂下绿丝绦③。
不知细叶谁裁出，
二月春风似剪刀。

## 【注 释】

①碧玉：碧绿色的玉。这里用来比喻春天嫩绿的柳叶。

②一树：满树。一，满，全。在中国古典诗词和文章中，数量词在使用中并不一定表示确切的数量。下一句的"万"，就是表示很多的意思。

③绦（tāo）：用丝编成的绳带。丝绦：形容一丝丝像丝带般的柳条。

## 【译 文】

柳树像碧玉装扮成的美少女一样，千万枝柳条是她绿色的丝带。知道这细嫩的柳叶是谁剪裁的吗？就是那像剪刀的二月春风啊！

## 赏 析

贺知章（约659—约744），字季真，号四明狂客。贺知章诗文以绝句见长，其写景、抒怀之作风格独特、清新潇洒，著名的《咏柳》、《回乡偶书》二首脍炙人口，千古传诵。诗作存录入《全唐诗》，共19首。

本诗以精巧的比喻、奇特的想象和清新的语言完美地刻画了仲春时节柳树的形象，创造了一个美妙的意境。全诗言近而旨远，由柳树巧妙地过渡到春风，借咏柳赞美春天，讴歌春的无限创造力。

# 十七　出　塞

王昌龄

秦时明月汉时关，
万里长征人未还。
但使龙城飞将①在，
不教胡马②度③阴山。

## 【注　释】

①龙城飞将：汉武帝时，李广被匈奴称为"汉之飞将军"。在此是化用典故，指扬威北方边地的名将。

②胡马：指匈奴的军队。
③度：越过。

## 【译　文】

秦汉以来，明月就是这样照耀着边塞，但是离家万里的战士却没能回还。如果有汉代飞将李广这样的将军立马阵前，一定不会让敌人的铁蹄踏过阴山。

## 赏　析

王昌龄（？—约756），字少伯，京兆长安（今陕西省西安）人。他是盛唐著名边塞诗人，被后人誉为"七绝圣手"。他的边塞诗气势雄浑，格调高昂，充满了积极向上的精神。他因曾担任江宁令，晚年贬龙标（今湖南洪江西）尉，因此被后世称为王江宁或王龙标，作品有《王昌龄集》。

这是一首著名的边塞诗，诗人从写景入手，首两句勾勒出一幅冷月照边关的苍凉景象，暗示了一直未间歇过的战争给人民带来的灾难，表达了诗人悲愤的情感。末两句表达了诗人希望能起任良将，早日平息边塞战事，使人民过上安定幸福的生活的美好愿望。

## 十八　凉州词

王　翰

葡萄美酒夜光杯，
欲饮琵琶马上催。
醉卧沙场君莫笑，
古来征战几人回。

## 【译　文】

葡萄美酒倒满了夜光杯，正要畅饮啊，马背上的琵琶声却声声催促着出征。即使醉卧在沙场上你也不要笑我啊！自古征战在外又有几人能回来呢！

## 赏　析

王翰（687—726），字子羽，唐代边塞诗人。《全唐诗》存其诗一卷，其代表作有《凉州词》、《饮马长城窟行》、《春女行》、《古蛾眉怨》等。

这是一首豪迈的边塞诗，以华丽之笔写肃杀之气，以豪迈之语抒悲慨之情。它不正面描写战争，却展示了战争的残酷，抒发了反战的哀怨，揭露了战争毁灭生命的悲惨事实，同时以旷达之笔，表现了一种视死如归的悲壮情怀。盛唐雄浑悲壮的边塞诗情怀于此可见。

## 十九　枫桥夜泊

张　继

月落乌啼霜满天，
江枫渔火对愁眠。
姑苏城外寒山寺，
夜半钟声到客船。

月亮落下去了，乌鸦不时地啼叫，茫茫夜色中似乎弥漫着满天的霜华。面对岸边隐约的枫树和江中闪烁的渔火，使我愁绪萦怀，难以入眠。夜半时分，苏州城外寒山寺凄冷的钟声，悠悠然飘荡到了客船。

**赏 析**

张继（生卒年不祥），字懿孙，襄州（今湖北襄樊）人。张继诗现存约 40 首，主要是纪行游览、酬赠送别之作。语言平白自然，不加雕饰。七绝《枫桥夜泊》情致清远，历来被人称颂。

当晚客船听钟，夜已过半；旅人伴愁难眠，见江上渔火明灭，岸边枫叶放丹；时间流逝，月落天边，鸦啼高树；拂晓天亮，清霜满天。诗人运思细密，短短四句诗中包蕴了六景一事，用最具诗意的语言构造出一个清幽寂远的意境："夜半钟声到客船"。所有景物的挑选都独具慧眼：一静一动、一明一暗、江边岸上，景物的搭配与人物的心情达到了高度的默契与交融，共同形成了这个成为后世典范的艺术境界。

# 二十 乌衣巷

刘禹锡

朱雀桥①边野草花，
乌衣巷口夕阳斜。
旧时王谢②堂前燕，
飞入寻常百姓家。

【注 释】

①朱雀桥：秦淮河上的桥名，通往乌衣巷的必经之路。

②王谢：指东晋大臣王导和谢安。王、谢两大家族是东晋时两家最大的士族。

【译 文】

朱雀桥畔长满了野草，到处盛开着一簇簇的野花。黄昏时刻，夕阳返照，满目凄凉，乌衣巷内一片昏暗。那些曾经在王导和谢安的高楼华屋中筑巢的燕子，如今都飞到普通百姓家中去了。

## 赏 析

刘禹锡（772—842），字梦得，唐朝文学家、哲学家。他的家庭是一个世代以儒学相传的书香门第。他在政治上主张革新，是王叔文派政治革新活动的中心人物之一。他的诗雄浑爽朗，清新活泼。他学习民歌有独到成就，摹写《竹枝词》传诵甚广。

这是刘禹锡怀古组诗《金陵五题》中的第二首。诗人通过野草、夕阳和燕子易主的描述，深刻地表现了他对今昔沧桑巨变的无限感慨。这首诗通篇写景，不加一字议论。诗人从侧面落笔，采用以小见大的艺术手法加以表现，语言含蓄，耐人寻味。

# 二十一　离思五首（其四）

元　稹

曾经沧海难为水①，

除却巫山不是云②。

取次花丛懒回顾，

半缘修道半缘君。

## 【注　释】

①曾经沧海难为水：曾经观看过茫茫的大海，对那小小的细流，是不会看在眼里的。它是用大海与河水相比。海面广阔，苍茫无际，雄浑无比，可谓壮观。河水，只不过是举目即可望穿的细流，不足为观。

②除却巫山不是云：除了巫山上的彩云，其他所有的云彩，都不足观。其实，诗人巧妙地使用"朝云"的典故，把它比作心爱的女子，充分地表达了他对那个女子的真挚感情。

## 赏 析

元稹（779—831），字微之，河南河内（今河南省洛阳）人。

这首诗写得一往情深，炽热动人，具有独到的艺术特色。在描写爱情题材的古典诗词中，它堪称名篇佳作。

这首诗最突出的特色，就是采用巧比曲喻的手法，淋漓尽致地表达了主人公对已经失去的心上人的深深眷恋。它接连用水、用云、用花比人，写得曲折委婉，含而不露，意境深远，耐人寻味。

全诗仅四句，便有三句采用比喻手法。一、二两句，破空而来，暗喻手法绝高，几乎令人捉摸不到诗人笔意所在。诗人表明，除此女子，纵有绝代佳人，也不能打动他的心。全诗感情炽热，又含蓄蕴藉。

# 二十二 清 明

杜 牧

清明时节雨纷纷，
路上行人欲断魂①。
借问酒家何处有，
牧童遥指杏花村②。

## 【注 释】

①断魂：形容十分伤心。

②杏花村：杏花深处的村庄。今在安徽贵池秀山门外。受本诗影响，后人多用"杏花村"作酒店名。

## 【译 文】

清明时节细雨纷纷，出门在外的行旅之人内心迷乱凄凉好像断魂一样。向人询问哪里有酒家能消愁歇脚，热心的牧童指了指远处春意盎然、杏花灿烂掩映中的村子。

## 赏 析

杜牧（803—853），字牧之，号樊川居士，京兆万年（今陕西省西安）人。杜牧善写诗、赋和古文，诗的成就最高，后人称他为"小杜"，以别于杜甫。又与李商隐并称"小李杜"。因晚年居长安南樊川别墅，故后世也称他为"杜樊川"，著有《樊川文集》。

这首诗用优美生动的语言，描写了清明时节的天气特征，抒发了孤身行旅之人的愁绪和希冀。由于这首诗的广泛流传，"杏花村"三字在后世便成了酒家的雅号。

## 二十三 听蜀僧濬弹琴

李 白

蜀僧抱绿绮①，

西下峨眉峰。

为我一挥手，

如听万壑松②。

客心洗流水，

馀响入霜钟③。

不觉碧山暮，

秋云暗几重。

## 【注　释】

①绿绮（qǐ）：古琴名。傅玄《琴赋序》："蔡邕有绿绮琴，天下名器也。"

②万壑松：形容琴声的气象宏伟，意境幽远。

③霜钟：《山海经》："丰山有钟九耳，是知霜鸣。"郭璞注："霜降则钟鸣，故言知也。"

## 【译　文】

四川僧人濬抱弹绿绮名琴，飘然下山，他来自巴蜀清秀奇绝的峨眉峰。他为我挥手弹奏名曲，好像听到宏大而清幽的万壑松涛。高山流水的琴音一洗旅愁情怀，袅袅余音与晚秋钟声相融。听琴入神，不知不觉中青山已披暮色，灰暗的秋云重重叠叠，布满天空，含弦外之音。

## 赏 析

李白（701—762），字太白，号青莲居士。他是继屈原之后我国古代伟大的浪漫主义诗人，有"诗仙"之称。他的诗雄奇豪放，想象丰富，语言流转自然，音律和谐多变。有《李太白集》传世。

这首五律写诗人听蜀地一位法名叫濬的和尚弹琴。开头两句写出了这位琴师的清逸高雅形象，也表达了诗人对他的倾慕。三、四句正面描写蜀僧弹琴，用大自然宏伟而清幽的形象和音响"万壑松"比喻琴声，使人感到这琴声的铿锵有力、自然清奇。五、六句是说听了蜀僧弹琴，自己的心好像被流水洗过一般的畅快、愉悦；音乐终止以后，余音久久不绝，和晚秋暮钟声融合在一起。结句是说诗人听琴入神，不知时过境异，但弦外之音仍在。

这首五律写得极其清新、明快，似乎一点也不费力。其实，无论立意、构思、起结、承转，或是对仗、

31

用典，都经过一番巧妙的安排，只是不着痕迹罢了。这种"清水出芙蓉，天然去雕饰"的自然的艺术，比一切雕饰更能打动人的心灵。

# 二十四　题破山寺①后禅院

常　建

清晨入古寺，
初日照高林。
竹径通幽处，
禅房花木深。
山光悦②鸟性，
潭影空人心③。
万籁④此俱寂，
但馀钟磬⑤音。

## 【注　释】

①破山寺：指位于江苏常熟破山的兴福寺。

②悦：使……高兴。

③人心：指人的尘世之心。

④万籁（lài）：各种声音。籁：从孔穴里发出的声音。此处泛指自然界的一切声音。

⑤磬（qìng）：古代用玉或石制成的曲尺形的打击乐器。

## 【译　文】

清晨，当我漫步到这座古老的寺院，初升的太阳照耀着丛林。穿过竹丛小路，走到幽静的后院，发现僧侣们唱经礼佛的地方掩映在花木葱茏中。青山焕发着日照的光彩，鸟儿欢悦地歌唱，深潭倒影，使人的心境变得宁静。万物静寂，此时只有钟磬的声音在空中回荡。

## 赏析

常建（生卒年不详），《唐才子传》说为长安（今陕西西安）人。开元进士，曾任盱眙尉。仕途失意，后隐居于鄂州武昌（今属湖北）。

他的诗以寺观、山水为主要题材，也有部分边塞诗。他善于运用凝练简洁的笔触，表达出清寂幽邃的意境。这类诗中往往流露出"淡泊"襟怀。其实他对现实并未完全忘情，他有所感慨，有所期望，也有所指责，这在边塞诗中尤为明显。有《常建集》。

本诗旨在赞美后禅院景色之幽静，抒发寄情山水之胸怀。诗人清晨登常熟县的破山，入破山寺（即兴福寺），在旭日初升、光照山林的景色中，表露礼赞佛宇之情。然后走到幽静的后院，面对佳境，忘情地欣赏，寄托自己的遁世情怀。"竹径通幽处，禅房花木深"，意境尤其清幽，与陆游的"山重水复疑无路，柳暗花明又一村"有异曲同工之妙。

# 二十五　春夜喜雨

杜　甫

好雨知时节，
当春乃发生。
随风潜①入夜，
润物②细无声。
野径云俱黑，
江船火独明。
晓看红湿处，
花重锦官城③。

## 【注　释】

①潜：悄悄地。
②润物：使万物受到水分的滋养。

③锦官城：成都。

## 【译　文】

好雨知道该下雨的节气，正是在植物萌发生长的时候，它随着春风在夜里悄悄地落下，悄然无声地滋润着大地万物。雨夜中阴云密布，没有星光，黑茫茫的一片，只有江船上的灯火格外明亮。天亮后，看看这带着雨水的花朵，娇美红艳，整个锦官城变成了繁花盛开的世界。

## 赏　析

杜甫（712—770），字子美，祖籍襄阳（今湖北襄樊市襄阳区），世称杜少陵、杜工部、杜拾遗等。其祖父杜审言，为初唐著名诗人。杜甫与李白齐名，世称"李杜"。其诗书写个人情怀，往往紧密结合时事，思想深厚，境界开阔，有强烈的正义感，在一定程度上表达了人民的愿望。许多优秀作品显示出唐代由开元、天宝盛世转向分裂衰微的历史过程，被誉为"诗史"。杜甫一生写诗1400多首，"三吏"、"三别"是其现实主义诗歌的杰作。

《春夜喜雨》是杜甫在成都草堂居住时所作，创作于公元761年。诗中以极大的喜悦之情，赞美了来得及时、滋润万物的春雨。其中对春雨的描写，体物精微，绘声绘形，是一首入化传神、别具风韵的咏雨诗，为千古传诵的佳作。

# 二十六　前出塞九首（其六）

杜　甫

挽弓当挽强，
用箭当用长。
射人先射马，
擒贼先擒王。
杀人亦有限，
列国自有疆。
苟能制侵陵，
岂在多杀伤？

## 【译　文】

拉弓要拉最强的，射箭要射最长的。射人先要射马，擒贼先要擒住他们的首领。杀人不能杀太多，各国都有边界。只要能够制止敌人的侵犯就好，难道打仗就是为了多杀人吗？

## 赏　析

杜甫先写《出塞》九首，后又写《出塞》五首，故加"前"、"后"以示区别。《前出塞》是写天宝末年哥舒翰征伐吐蕃的时事，意在讽刺唐玄宗的开边黩武。本篇原列第六首，是其中较有名的一篇。

诗的前四句，它"似谣似谚，最是乐府妙境"。两个"当"，两个"先"，妙语连珠，开人胸臆。诗人提出了作战步骤的关键所在，强调队伍要强悍，士气要高昂，对敌有方略，智勇须并用。四句以排句出之，如数家珍，宛若总结战斗经验。然而从整篇看，它还不是作品的主旨所在，而只是下文的衬笔。后四句才道出赴边作战应有的终极目的。诗人慷慨陈词，直抒胸臆，他认为，拥强兵只为守边，赴边不为杀伐，应以"制侵陵"为限度，不能乱动干戈，更不应以黩武为能事，侵犯异邦。这种以战去战，以强兵制止侵略的思想，是恢宏正论，安边良策。它反映了国家的利益，人民的愿望。

# 二十七　赋得古草原送别

白居易

离离①原上草，
一岁一枯荣。
野火烧不尽，
春风吹又生。
远芳②侵古道，
晴翠接荒城。
又送王孙去，
萋萋③满别情。

## 【注　释】

①离离：繁盛的样子。　　　　　　　③萋萋：茂盛的样子。

②远芳：伸展到远处的草。

## 【译　文】

　　平原上的野草生长得郁郁葱葱，春荣秋枯，岁岁循环不已。野火也烧不尽它，等来年春风一吹，又纷纷萌生出来。眼前野草青青绵延到远方，连接着通向异乡的古道；阳光下，野草青翠的色彩映照着荒凉的古城。此时又要送朋友远行了，满目茂盛的青草也充满了依依离别之情。

## 赏　析

　　白居易（772—846），字乐天，号香山居士，原籍太原，后迁居下邽（今陕西省渭南）。早年热心济世，强调诗歌的政治功能，并力求通俗。所作《新乐府》、《秦中吟》共60首，与杜甫的"三吏"、"三别"同为著名的"诗史"。长篇叙事诗《长恨歌》、《琵琶行》则代表他艺术上的最高成就。他中年在官场中受了挫折，但仍写了许多好诗，为百姓做过许多好事，杭州西湖至今留着纪念他的白堤。

　　这首诗是白居易年少时的成名作。以草写离情，巧妙妥帖，令人想起"王孙游兮不归，芳草生兮萋萋"的咏叹，也使人产生"离恨如春草，更深更远还生"的共鸣。这是咏物诗，也可作为寓言诗看。从全诗看，"野火烧不尽，春风吹又生。"以野草生生不息的哲理融通万物，耐人寻味，成为传之千古的绝唱。

## 二十八　登柳州城楼寄漳、汀、封、连四州刺史

柳宗元

城上高楼接大荒①，
海天愁思正茫茫。
惊风乱飐②芙蓉③水，
密雨斜侵薜荔墙。
岭树重遮千里目，
江流曲似九回肠。
共来百粤④文身地，
犹自音书滞一乡！

### 【注　释】

①大荒：辽阔而荒凉的空间。
②飐（zhǎn）：风吹使颤动。
③芙蓉：荷花。
④百粤：指南方少数民族，即百越。

### 【译　文】

从城上高楼远眺空旷的荒野，愁思如茫茫海天般地涌了出来。急风胡乱地掀动水中的荷花，密雨斜打在长满薜荔的墙上。山上的树重重叠叠遮住了远望的视线，江流曲曲折折就像九转的回肠。我们一起来到这百越文身地，虽然共处于一地，音书却阻滞难通。

### 赏　析

柳宗元（773—819），字子厚，河东解（今山西运城市西南）人。唐代著名文学家、思想家，"唐宋八大家"之一，享年不到50岁。他的散文与韩愈齐名，他的诗清夷淡泊，峻洁精深。因为他是河东人，并在柳州担任刺史时去世，所以人称柳河东或柳柳州。有《河东先生集》。

这首诗是作者被贬柳州时为一同遭贬的四位友人而写的。柳宗元到了柳州任职以后，心情郁闷，在夏季六月的某一天，登上柳州城楼，感物起兴，触景生情。朝廷的昏庸、友人的疏离，愁情油然而生，于是挥笔疾书，写下了这首七言律诗，分别寄送给刘禹锡等四位友人。诗中既表现出他们相同的际遇和真挚的友谊，也蕴含着他们天各一方、难以抑制的痛苦情怀。诗作情调尽管稍有低沉，但构思缜密，感情深沉，蕴藉含蓄，极富感染力，较好地实践了"以自然景物喻指人事"这一古典诗歌常用的写作手法。在这里，景中之情、境中之意、赋中之比兴，犹如水中之盐，不见丝毫痕迹，堪称情景交融的典范。

# 二十九　雁门太守行

李　贺

黑云压城城欲摧，
甲光向日金鳞开。
角声满天秋色里，
塞上燕脂凝夜紫①。
半卷红旗临易水，
霜重鼓寒声不起。
报君黄金台②上意，
提携玉龙③为君死。

## 【注　释】

①塞上燕脂凝夜紫：长城附近有较多紫色泥土，所以叫做"紫塞"。燕脂，即胭脂，红色。这里写塞上的土地上，到处凝聚着战士的鲜血。夕晖掩映下，塞土有如燕脂凝成。

②黄金台：故址在今河北省易县东南北易水南。相传战国燕昭王所筑，置大量黄金于台上，以招揽人才。

③玉龙：指剑。

## 【译　文】

敌军人马众多，似乌云般压进，危城似乎要被摧垮；一缕阳光从云缝里透射下来，战士鱼鳞般的铠甲金光闪闪。号角的声音响彻这深秋死寂的天空；塞上的土地上，到处凝聚着战士的鲜血，夕阳掩映下的塞土有如燕脂凝成。红旗半卷，直逼易水，奇兵飞袭，鼓面冻裂，鼓声不响，寒霜重重。为报答那黄金台上的高情隆义，愿手握宝剑为祖国血战到底！

## 赏　析

李贺（790—816），字长吉，福昌（今河南宜阳）人。他一生郁郁不得志，最后弃官归家。李贺多才早熟，幼年时即被文坛名人韩愈、皇甫湜等器重，可惜生命短促。

意象新奇，设色鲜明，造型新颖，想象丰富而奇特，这是李贺诗歌的突出特点。在本诗中，这些特点得到了全面而充分的体现。如后两句，写主将为报君主的知遇之恩，誓死决战，却不用概念化语言，而通过造型、设色，突出主将的外在形象和内心活动。战国时燕昭王曾筑台置大量黄金于其上以延揽人才，因此称其为"黄金台"。玉龙，唐人用以称剑。黄金、白玉，其质地和色泽都为世人所珍重。龙，是古代传说中的神异动物；黄金台，是求贤若渴的象征。诗人选用"玉龙"和"黄金台"造型、设色，创造出"报君黄金台上意，提携玉龙为君死"的诗句，一位神采奕奕的主将形象便宛然在目。其不惜为国捐躯的崇高精神，以及君主重用贤才的美德，都给读者以强烈而美好的感受。

# 三十 无 题①

李商隐

相见时难别亦难，
东风无力百花残。
春蚕到死丝方尽②，
蜡炬成灰泪③始干。
晓镜④但愁云鬓改，
夜吟应觉⑤月光寒。
蓬山⑥此去无多路，
青鸟⑦殷勤为探看。

## 【注 释】

①无题：有的诗人不愿意标出能够表示主题的题目时，常用"无题"作诗的标题。

②丝方尽：除非死了，思念才会结束。丝，与"思"是谐音字。

③泪：指燃烧时的蜡烛油。这里取双关义，指相思的眼泪。

④晓镜：早晨梳妆照镜子；云鬓：女

子多而美的头发，这里比喻青春年华。

⑤应觉：是设想之词。月光寒：指夜渐深。

⑥蓬山：蓬莱山，传说中海上仙山。比喻被思念者住的地方。

⑦青鸟：神话中的鸟，它是西王母的"信使"。这里指传递消息的人。

## 【译 文】

相见时机会难得，分别时更难舍难分，况且又是东风将收的暮春天气，百花残谢，令人伤感。春蚕要结茧到死时，才吐完丝；蜡烛要燃烧成灰时，像泪一样的蜡油才能滴干。清晨，心上人照镜装扮，担忧如云的鬓发改变颜色，青春的容颜容易消失；夜晚我长吟不寐，心中充满思念，感觉到冷月侵入。她就住在可望而不可即的蓬莱山，无路可通；希望有青鸟一样的使者殷勤地为我去探望她，来传递消息。

## 赏 析

李商隐（约813—约858），字义山，号玉谿生，怀州河内（今河南沁阳）人。晚唐著名诗人，诗作文学价值很高，他和杜牧合称为"小李杜"，与温庭筠合称为"温李"。因诗文与同时期的段成式、温庭筠风格相近，且三人都在家族里排行第十六，故并称为"三十六体"。其诗构思新奇、风格浓丽，尤其是一些爱情诗写得缠绵悱恻，为人传诵。

这首诗，从头至尾都熔铸着痛苦、失望而又缠绵、执着的感情。诗中每一联都是这种感情状态的反映，但是各联的具体意境又彼此有别。它们从不同的方面反复表现着融贯全诗的复杂感情，同时又以彼此之间的密切衔接而纵向地反映以这种复杂感情为内容的心理过程。诗中的抒情连绵往复，细微精深，哀婉动人。起句以二"难"相叠，愈见离恨之不可派遣，风为之神伤，花为之凋残。以此发端为基础，随使"春蚕"一联，千古传颂。

## 三十一　黄鹤楼

崔颢

昔人①已乘黄鹤去，
此地空馀黄鹤楼②。
黄鹤一去不复返，
白云千载空悠悠。
晴川历历③汉阳树，
芳草萋萋鹦鹉洲。
日暮乡关何处是？
烟波江上使人愁。

### 【注　释】

①昔人：指传说中的仙人。
②黄鹤楼：旧址在今湖北武汉市武昌西黄鹤山（蛇山）的黄鹄矶头。俯临汉江，景致决胜。
③历历：清楚分明。

### 【译　文】

前人早已乘着黄鹤飞去，这里留下的只是那空荡荡的黄鹤楼。黄鹤飞去后就不再回还，千百年来只有白云悠悠飘拂。

晴朗的江汉平原上，一片片葱郁的树木清晰可见；茂密的芳草郁郁苍翠，它们覆盖着鹦鹉洲。天色渐暗，放眼远望，何处是我的故乡？江上的烟波迷茫，使人生出无限的哀愁。

崔颢（hào）（？—754），汴州（今河南开封市）人。他才思敏捷，擅长写诗，《旧唐书·文苑传》把他和王昌龄、高适、孟浩然并提，但他宦海浮沉，终不得志。作品激昂豪放、气势宏伟。作品有《崔颢诗集》。

本诗描写在黄鹤楼上远眺时所见的壮丽景色，诗人借神话传说"黄鹤一去不返，空留悠悠白云"，表现人生有限、宇宙无穷的思想，抒写了他怀家思乡的深情。全诗气象雄浑，意蕴深厚。

# 三十二　登幽州台①歌

陈子昂

前不见古人②，
后不见来者③。
念天地之悠悠④，
独怆然⑤而涕下！

## 【注　释】

①幽州台：即蓟北楼，亦是传说中的燕昭王为求贤而筑的黄金台。幽州，汉武帝所置十三刺史部之一。东汉治蓟县（今北京城西南隅）。

②古人：指古代的明君贤士，如燕昭王、乐毅等。这句表现了诗人对历史上君臣遇合、风云际会成就一番事业的无限向往之情。

③来者：指后世的明君贤士。这句表现了诗人苦于人生有限而不及见"来者"的无限伤感之意。

④悠悠：长远得无穷无尽的样子。

⑤怆（chuàng）然：悲伤的样子。

## 【译　文】

追忆历史，我无缘拜会那些求贤若渴的古代贤主；展望未来，我更为不能生逢旷世明君而万分担忧。想一想天地的广阔无边与永恒不息，就浩叹人生的短暂与渺小。吊古伤今，我怎能不忧从中来，潸然泪下呢！

陈子昂（659—700），字伯玉，梓州射洪（今属四川）人。文学家，初唐诗文革新人物之一。因曾任右拾遗，被后世称为陈拾遗。其存诗共100多首，其中最有代表性的是《感遇》等。有《陈伯玉集》。

　　本诗起笔先声夺人，在古往今来这巨大的时间跨度中，诗人感叹前贤已去，后贤未及，想天地苍茫，岁月悠悠，知音何在？谁又能赏识和重用自己？这首诗表现了诗人生不逢时、怀才不遇的惆怅之情。诗人俯仰古今，深感宇宙无限，人生短暂，功业不成，壮志未酬，不觉中流下热泪。这是诗人空怀抱国为民之心不得施展的呐喊！

# 三十三　白雪歌送武判官归京

岑　参

北风卷地白草①折，胡天②八月即飞雪。
忽如一夜春风来，千树万树梨花开。
散入珠帘湿罗幕③，狐裘不暖锦衾④薄。
将军角弓⑤不得控⑥，都护⑦铁衣冷难着。
瀚海⑧阑干⑨百丈冰，愁云惨淡⑩万里凝。
中军⑪置酒饮归客，胡琴琵琶与羌笛。
纷纷暮雪下辕门，风掣⑫红旗冻不翻⑬。
轮台东门送君去，去时雪满天山路。
山回路转不见君，雪上空留马行处。

## 【注　释】

①白草：西北的一种牧草。

②胡天：这里指西域的天气。

③罗幕：丝织帐幕。这句说雪花飞进珠帘，沾湿罗幕。

④锦衾（qīn）：锦缎做的被子。

⑤角弓：用兽角装饰的硬弓。

⑥不得控：（天太冷而冻得）拉不开（弓）。

⑦都护：镇守边镇的长官，此为泛指，与上文的"将军"是互文。

⑧瀚海：沙漠。这句说大沙漠里到处都结着很厚的冰。

⑨阑干：纵横交错的样子。

⑩惨淡：昏暗无光。

⑪中军：古时分兵为中、左、右三军，中军为主帅所居。

⑫风掣：红旗因雪而冻结，风都吹不动了。

⑬冻不翻：旗被风往一个方向吹，给人以冻住之感。

## 【译　文】

　　阵阵北风席卷大地把坚韧的白草吹折，西域的天气八月就纷扬白雪。忽然间像吹来了春风，一夜间，千树万树都开满了雪白的梨花。冰冷的雪花散入珠帘打湿了罗幕，狐裘穿不暖，锦被也嫌单薄。将军双手冻得拉不开角弓，都护身上的铁甲虽冰冷却还穿着。沙漠结冰纵横百丈，万里长空凝聚着惨淡愁云。主帅帐中摆酒为归客饯行，胡琴、琵琶、羌笛合奏来助兴。傍晚辕门前大雪纷纷落个不停，红旗冻硬了，强劲的北风也无法吹动。轮台东门外欢送你回京去，你去时大雪盖满了天山路。山路迂回曲折已看不见你，雪上只留下一串马蹄印迹。

**赏析**

岑参（约715—770），江陵（今湖北省荆州市荆州区）人，与高适并称"高岑"，都是以反映边塞生活著称的杰出诗人。早年他的诗以风华绮丽见长，后历边陲，风格为之大变。其诗富有幻想色彩，善用变化无端的笔触，描绘现实生活的体验，洋溢着积极乐观的情绪。

这是咏边地雪景，寄寓送别之情的诗作。全诗句句咏雪，勾出边塞奇寒。开篇先写野外雪景，把边地冬景比作是南国春光，可谓"妙手回春"。再从帐外写到帐内，通过人的感受，写天之奇寒。然后再移境帐外，勾画壮丽的塞外雪景，安排了送别的特定环境。最后写送出军门，正是黄昏大雪纷飞之时，大雪封山，山回路转，不见踪影，隐含离情别意。全诗连用四个"雪"字，写出送别前、饯别、临别、别后四个不同画面的雪景，景致动人，在歌咏自然风光的同时表现出了雪中送人的真挚情谊。

# 三十四　将进酒

### 李　白

君不见黄河之水天上来，奔流到海不复回。
君不见高堂明镜悲白发，朝如青丝暮成雪①。
人生得意须尽欢，莫使金樽空对月。
天生我材必有用，千金散尽还复来。
烹羊宰牛且为乐，会须②一饮三百杯。
岑夫子③，丹丘生④，将进酒，杯莫停。
与君歌一曲，请君为我侧耳听。
钟鼓馔玉⑤不足贵，但愿长醉不复醒。
古来圣贤皆寂寞，惟有饮者留其名。
陈王昔时宴平乐，斗酒十千恣欢谑。
主人何为言少钱，径须沽取对君酌。
五花马，千金裘，呼儿将出换美酒，
与尔同销万古愁。

## 【注　释】

①雪：指白发。

②会须：正应当。

③岑夫子：指岑勋，李白之友。

④丹丘生：元丹丘，李白好友。

⑤钟鼓馔（zhuàn）玉：泛指豪门贵族的奢华生活。钟鼓，指富贵人家宴会时用的乐器。馔玉，指精美的食物。

## 【译　文】

你难道没有看见，汹涌奔腾的黄河之水，有如从天上倾泻而来？它滚滚东去，奔向东海，永远不会回还。你难道没有看见，在高堂上面对明镜，深沉悲叹那一头白发？早晨还是满头青丝，傍晚却变得如雪一般的银发。因此，人生在世，每逢得意之时，理应尽情欢乐，切莫让金杯没有美酒空对着皎洁的明月。既然老天造就了我这栋梁之材，就一定会有用武之地，即使散尽了千两黄金，也会重新得到。烹羊宰牛姑且尽情享乐，今日相逢，我们真要干尽三百杯。岑夫子，丹丘生，请快喝，不要停，我为你唱一首歌，请你们侧耳细细听。在钟鼓齐鸣中享受丰美食物的豪华生活并不珍贵，但愿长饮美酒永远沉醉不再清醒。自古以来那些圣贤无不感到孤独寂寞，唯有寄情美酒的人才能留下美名。"陈王"曹植过去曾在平乐观大摆酒宴，敬请恣意畅饮，即使一斗酒价值十千也在所不惜。你为什么说钱已经不多，快快去买酒来让我们一起喝个够。牵来名贵的五花马，取出价钱昂贵的千金裘，统统用来换美酒，让我们共同来排遣这无穷无尽的万古愁！

### 赏　析

本诗中表达了诗人对怀才不遇的感叹，也流露了人生几何当及时行乐的消极情绪。但全诗洋溢着豪情逸兴，深沉浑厚，气象不凡。情极悲愤狂放，语极豪纵沉着，大起大落，奔放跌宕。诗句长短不一、参差错综，节奏快慢多变、一泻千里，艺术成就很高。

## 三十五　春江花月夜

张若虚

春江潮水连海平，海上明月共潮生。滟滟①随波千万里，何处春江无月明。
江流宛转绕芳甸②，月照花林皆似霰③。空里流霜不觉飞，汀④上白沙看不见。
江天一色无纤尘，皎皎空中孤月轮。江畔何人初见月？江月何年初照人？
人生代代无穷已，江月年年只相似。不知江月待何人，但见长江送流水。
白云一片去悠悠，青枫浦⑤上不胜愁。谁家今夜扁舟子？何处相思明月楼？
可怜楼上月徘徊，应照离人妆镜台。玉户⑥帘中卷不去，捣衣砧⑦上拂还来。

此时相望不相闻，愿逐月华流照君。鸿雁⑧长飞光不度⑨，鱼龙⑩潜跃水成文。
昨夜闲潭梦落花，可怜春半不还家。江水流春去欲尽，江潭落月复西斜。
斜月沉沉藏海雾，碣石⑪潇湘⑫无限路。不知乘月几人归，落月摇情满江树。

## 【注　释】

①滟滟（yàn）：水波动荡闪光的样子。

②芳甸：春天的原野，郊外之地叫做甸。

③霰（xiàn）：小冰粒。

④汀（tīng）：水边沙地。

⑤青枫浦：一名双枫浦，在今湖南省浏阳县浏水中。这里泛指遥远荒僻的水边。

⑥玉户：门的美称。

⑦捣衣砧（zhēn）：古人洗衣，置石板上，用棒槌锤击去污。这石板叫捣衣砧。捣，反复捶击。

⑧鸿雁：古人说鸿雁能传送书信，在此是鸿雁传信的意思。

⑨光不度：意谓飞不过这片无尽的月光，也就是书信不到之意。

⑩鱼龙：这里是偏义复词，龙字无义。乐府民歌《饮马长城窟行》有"客从远方来，遗我双鲤鱼。呼儿烹鲤鱼，中有尺素书。"后以鱼书指书信，这句意思同上句。水成文，也就是虚幻同水花之意。

⑪碣（jié）石：山名，在河北。这里借指北方。

⑫潇湘：水名，潇水在湖南零陵与湘水会合，会合后一段被称为潇湘，这里借指南方。

## 【译　文】

春天的江潮水势浩荡，与大海连成一片；一轮明月从海上升起，好像与潮水一起涌出。

月光照耀着春江，随着波浪闪耀千万里，天涯海角什么地方的春江没有明亮的月光呢？

江水曲曲折折地绕着花草丛生的原野流淌，月光照耀着开遍鲜花的树林好像细密的雪珠在闪烁。

月光像白霜一样从空中洒下，感觉不到它的流动飞翔；月光笼罩着白沙看不分明，江畔凄清朦胧。

江水、天空成一色，没有一丝微尘，只有明亮的一轮孤月高悬空中。

江边什么人最初看到了月亮，江上的月亮哪一年最初照耀着江边人？

人生一代代的繁衍生息无穷无尽，只有江上的那一轮月亮总是年年相像。

不知江上的月亮等待着什么人，只见长江不停地迎送着东去的流水。

游子好像一片白云悠悠地飘离，只剩下那离别后的思妇在青枫浦不胜忧愁。

今夜哪家的游子坐着小船在漂流？什么地方明月照耀的楼阁上有人正相思？

楼阁上月影移动，姗姗可爱，它映照着满怀愁绪的离别佳人的梳妆台。

素雅闺房的门帘卷不去清凉的月光，在捣衣石上想拂去却又拂不去。

此时都望着天上的月亮却彼此听不到声音，我希望随着流动的月光照耀着你身。

仰望天空，送信的鸿雁虽然能够飞翔很远但不能随着月光飞到你身边；俯视江面，送信的鱼龙虽然潜游很远但不能游到你身边，只见水面激起了阵阵涟漪。

昨天晚上梦见春花朵朵飘落在清悠的水潭上，可怜春天过了一半我还漂泊在外不能回家。

春江水流走春光，春光将要流尽，江潭上月亮即将徐徐落下，如今已经西斜了。

斜月慢慢下沉，终于躲藏在海雾里；碣石与潇湘般距离使两地分离的有情人感觉无限遥远。

不知有几人能够乘着月光回家，只有那缭乱的离情伴随着残月余辉散落在江边的树林里。

## 赏 析

张若虚（约660—约720），初唐诗人，扬州（今属江苏）人，曾任兖州兵曹，字号不详。他与贺知章、张旭、包融齐名，号"吴中四士"。张若虚的诗仅存2首于《全唐诗》中。其中《春江花月夜》是一篇脍炙人口的名作，它沿用乐府《清商曲辞·吴声歌曲》旧题，抒写真挚动人的离情别绪及富有哲理意味的人生感慨，语言清新优美，韵律宛转悠扬，洗去了宫体诗的浓脂艳粉，给人以澄澈空明、清丽自然的感觉。

《春江花月夜》一诗"孤篇压全唐"，为"盛唐第一诗"，"孤篇横绝，竟为大家"，被闻一多先生誉为"诗中的诗，顶峰上的顶峰"。这首诗在思想与艺术上都超越了以前那些单纯模山范水的景物诗，"羡宇宙之无穷，哀吾生之须臾"的哲理诗，抒儿女离情别绪的爱情诗。诗人将月亮、天空这些屡见不鲜的传统题材，注入了新的含义，把"春江花月夜"（景）、"思妇游子"（情）和"宇宙人生"（理）完美融合。诗人将深邃美丽的艺术世界特意隐藏在惝恍迷离的艺术氛围之中，整首诗篇仿佛笼罩在一片空灵而迷茫的月色里，吸引读者去探寻其中美的真谛。

# 宋　词

## 三十六　虞美人①

李　煜

春花秋月何时了？往事知多少！小楼昨夜又东风，故国不堪回首月明中。雕栏玉砌②应犹③在，只是朱颜改④。问君能有几多愁？恰似一江春水向东流。

## 【注　释】

①虞美人：词牌名。

②雕栏玉砌：指远在金陵的南唐故宫。砌，台阶。

③应犹：一作"依然"。

④朱颜改：容颜老去。兼喻江山易主。

## 【译　文】

年年春花开，岁岁秋月圆，漫漫岁月，何时是个尽头？回想过去，有多少悠悠往事！小楼上昨夜又刮来东风，明月正映照着故国山河，过去的种种我却不忍回首。

精雕细刻的栏杆、玉一般的石阶应该还在，只是我容颜憔悴，已不复当年模样。若要问我心中有多少哀愁，就像这不尽的滔滔春水滚滚东流。

## 赏　析

李煜（937—978），字重光，五代时南唐最后一个君主，世称"李后主"。他才华横溢，能诗文、善书画、通音乐，尤以词著名。

《虞美人》是李煜的代表作，也是其绝命词，在写下这首《虞美人》后，宋太宗恨其"故国不堪回首月明中"一句而将其毒死。词人写的是处于"故国不堪回首"境遇下的痛苦。以"一江春水向东流"比拟愁思不尽，贴切感人。全词不加藻饰，不用典故，纯以白描手法直接抒情，寓情于景，通过意境的创造来感染读者，集中地体现了李煜词的艺术特色。

# 三十七　雨霖铃

柳　永

寒蝉凄切。对长亭晚，骤雨初歇。都门帐饮无绪①，留恋处、兰舟②催发。执手相看泪眼，竟无语凝噎③。念去去④、千里烟波，暮霭沉沉⑤楚天阔。

多情自古伤离别，更那堪冷落清秋节！今宵酒醒何处？杨柳岸、晓风残月。此去经年⑥，应是良辰好景虚设。便纵有千种风情，更与何人说？

## 【注　释】

①都门帐饮：在京城门外搭起帐幕设宴饯行。无绪：没有情绪，无精打采。

②兰舟：据《述异记》载，鲁班曾刻木兰树为舟。后用作船的美称。

③凝噎：喉中气塞，指因悲伤过度而说不出话来。即是"凝咽"。

④去去：分手后越来越远。

⑤暮霭：傍晚的云气。沉沉：深厚的样子。

⑥经年：经过一年或多年。

## 【译　文】

秋后的知了哀婉凄切地鸣叫着，正当傍晚时分，长亭外一场急雨刚刚停歇。在京城门外饯行的帐篷里喝着酒，我了无情绪，因为对你实在恋恋不舍。正当此时，那船上人已催促我登船出发。你我紧握着手相对而泣，直到最后无言相对，千言万语都噎在喉间说不出来。想到这路途千里，烟波浩渺，那迷雾沉沉的楚地天空竟是一望无边。

自古以来多情的人最怕离别，更何况是在这冷落凄凉的清秋时节！谁知我今夜酒醒时身在何处？待醒来时，天将拂晓，晨风吹拂，河堤上的杨柳在微风中飘动，远方的天空上挂着一弯残月。这一去长年相别，不知何时相见，无论多么好的良辰美景，也形同虚设。你我不在一起，纵然有千般风情、万种蜜意，又向谁去诉说呢？

## 赏　析

柳永（约987—约1053），原名三变，字景庄。后改名永，字耆卿，崇安（今福建武夷山市）人。为人放荡不羁，终身潦倒。一生致力于词的创作，尤其擅长抒写羁旅行役之情，是北宋有名的词人。

此词是抒写离情别绪的千古名篇，也是柳永的代表作之一。全词叙事清楚，写景工致，以描写具体鲜明而又能触动离愁的自然风景画面来渲染主题，词的主要内容是以冷落凄凉的秋景作为衬托来表达和情人难以割舍的离情。宦途的失意和与恋人的离别，两种痛苦交织在一起，使词人更加感到前途的暗淡和渺茫。末尾二句画龙点睛，为全词生色，为脍炙人口的千古名句。

# 三十八 天仙子

张 先

《水调》数声持酒①听，午醉醒来愁未醒。送春春去几时回？临晚镜②，伤流景③，往事后期④空记省⑤。

沙上并禽⑥池上暝⑦，云破月来花弄影。重重帘幕密遮灯，风不定，人初静，明日落红应满径。

## 【注 释】

①持酒：端着酒杯。

②临晚镜：晚上照镜子。

③流景：流年，意为似水年华，光阴似流水一般。

④后期：以后的日子。

⑤记省：清楚地记得。

⑥并禽：此处指鸳鸯。

⑦暝：日落，天黑。

## 【译 文】

乐伎弹奏的《水调》乐曲声声传来，我不禁端起酒杯仔细聆听。在乐曲声中，我因不胜酒力而昏昏入睡，午间醉后醒来，酒醒而愁闷却未消减。送别春天，春去后几时才会回来？傍晚对着镜子，更加感伤年华如流水，旧日的往事只能留待以后去回忆。

沙滩上鸳鸯双栖交颈，水池上一片昏暝。忽来一阵轻风，把浮云吹破，现出一轮明月，花儿在微风中摇曳，在月光下摆弄着倩影。回到卧室，我放下帘幕，重重叠叠的帘幕密密地遮住那盏小灯，灯影随着风儿摇曳不定，人们都开始进入梦乡了，万籁寂静。明天清晨，一定有许多花瓣被风吹落，铺满院间的小径。

## 赏 析

张先（990—1078），字子野，乌程（今浙江湖州）人。他的词风格含蓄，韵味隽永。因他有"云破月来花弄影"、"隔墙送过秋千影"和"无数杨花过无影"的词句，三处善用"影"字，故称他为"张三影"。

这是一首怀旧之作，开篇一、二句点明愁之深，恨之切，难以排解。第三句是问春之语，意谓春去能回，然而年华易逝，意中人相会无期。下阕一、二句写了"并禽"、"月来"、"花弄影"，表明眼前的景物美好和谐，但是"明日"呢？又将是满径落花，人老春残。这里具体点明了上阕的一个"愁"字，一个"伤"字。

# 三十九　生查子

欧阳修

去年元夜时，花市灯如昼。月上柳梢头，人约黄昏后。

今年元夜时，月与灯依旧。不见去年人，泪满春衫袖。

## 【译　文】

去年元宵夜，花市上灯光明亮如同白昼。与佳人相约，在黄昏之后月上柳梢头之时。

今年元宵夜，月光与灯光明亮依旧。可是却不见去年之佳人，相思之泪打湿了春衫衣袖。

## 赏　析

欧阳修（1007—1072），字永叔，号醉翁、六一居士，庐陵（今江西吉安）人。他是北宋诗文革新运动的领袖，"唐宋八大家"之一，散文、诗、词均有成就。他的词对婉约派词风的发展有一定的影响。

《生查子·元夕》是欧阳修脍炙人口的名篇之一。这是首相思词，写去年与情人相会的甜蜜与今日不见情人的痛苦，用语如对话般直白，但又构思巧妙，饶有韵味。词的上阕写"去年元夜"的事情，花市的灯像白天一样亮，不但是观灯赏月的好时节，也给恋爱的青年男女以良好的时机，在灯火阑珊处秘密相会。"月上柳梢头，人约黄昏后"二句，言有尽而意无穷，柔情蜜意溢于言表。下阕写"今年元夜"的情景，"月与灯依旧"，虽然只举月与灯，实际应包括上阕二、三句的花和柳，意思是说闹市佳节良宵与去年一样，景物依旧，却"不见去年人"，"泪满春衫袖"，一个"满"字，将物是人非的感伤表现得淋漓尽致。

# 四十　临江仙

晏几道

梦后楼台高锁，酒醒帘幕低垂。去年春恨却来时，落花人独立，微雨燕双飞。

记得小蘋初见，两重心字罗衣①，琵琶弦上说相思。当时明月在，曾照彩云归②。

## 【注　释】

①两重心字罗衣：上面绣有双重的"心"字的罗衫。暗示着词人与小蘋一见钟情，心心相印。

②曾照彩云归：李白《宫中行乐词》曾有："只愁歌舞散，化作彩云飞"句。彩云，借以指美丽而薄命的女子，亦暗示小蘋歌女的身分。

## 【译 文】

午夜梦回，四周的楼台已闭门深锁；宿酒方醒，那重重的帘幕低垂。因春天的逝去而产生的一种莫名的怅惘由来已久。我久久地站立庭中，面对着飘零的片片落英；又见双双燕子，在霏微的春雨里轻快地飞去飞来。

梦后酒醒，首先浮现脑海中的依然是初见小蘋时的景象，她穿着绣有双重"心"字的罗衫。当时她弹奏着琵琶，传递心中相思的情愫。在皎洁的明月映照下，小蘋像一朵冉冉的彩云又飘然归去。

## 赏 析

晏几道（1038—1110），字叔原，号小山，抚州临川（今江西抚州）人。与其父晏殊齐名词坛并称"二晏"。他的词风格婉约，情调感伤，多为追怀往昔欢娱之作。

这是一首感时怀人的名篇，为作者怀思歌女小蘋所作。词之上阕写"春恨"，描绘梦后酒醒、落花微雨的情景。下阕写相思，追忆"初见"及"当时"的情况，表现词人苦恋之情、孤寂之怀。结句"当时明月在，曾照彩云归"，以明月起兴，抒发了美景虽有、欢娱难再的淡淡哀愁。

# 四十一 念奴娇①·赤壁怀古

苏 轼

大江东去，浪淘尽、千古风流人物。故垒西边，人道是、三国周郎赤壁。乱石穿空，惊涛拍岸，卷起千堆雪②。江山如画，一时多少豪杰！

遥想公瑾当年，小乔初嫁了，雄姿英发。羽扇纶巾，谈笑间、樯橹灰飞烟灭。故国神游，多情应笑我，早生华发。人生如梦，一樽还酹③江月。

## 【注 释】

①念奴娇：词牌名，又名《百字令》。双调一百字，仄韵，多用入声。

②千堆雪：浪花千叠。"乱石穿空，惊涛拍岸，卷起千堆雪"原本作"乱石崩云，惊涛裂岸，卷起千堆雪"。

③酹（lèi）：以酒洒地，用以敬月。

## 【译 文】

长江东流去，多少名垂千古的英雄豪杰，也随着长江滚滚的波涛流逝而去了。那旧营垒的西边，人们说是三国时周郎大破曹兵的赤壁。那里乱石成堆，陡峭的石壁直插天空。巨浪拍打着江岸，卷起千堆雪似的层层浪花。这如画的江山啊，那时该有多少英雄豪杰为你甘洒热血！

遥想当年周公瑾，小乔刚刚嫁了过来，英雄美人，天下称美。周公瑾英姿焕发，手拿羽毛扇，头戴青丝巾，谈笑之间，曹操的无数战船在浓烟烈火中被烧成灰烬。我神游于故国（三国）战场，人们该笑我太多愁善感了，因为我过早地生出了白发。人的一生就像一场大梦，还是把一杯清酒敬给江上的明月，请它和我同饮共醉吧！

## 赏 析

苏轼（1037—1101），字子瞻，号东坡居士，眉山（今四川县名）人。在宋仁宗、神宗、哲宗朝任过翰林学士，及杭州、徐州等地的地方官，曾因作诗"谤讪朝廷"被捕、被贬。苏轼的散文、诗、词都卓有成就。词作风格或豪放、震撼人心，或婉约、沁人心脾，均各得其宜。

该词是苏轼的代表作、豪放词的代表作，乃至是宋词的代表作。该词突破了当时盛行的婉约词风，彻底开启了豪放派，具有巨大的历史意义。全词气势磅礴，联想丰富，文笔流畅，把写景怀古、抒情言志融为一体，末尾虽有消极思想呈现，但并不悲悲切切，而是流露出词人的旷达情怀。

# 四十二　水调歌头·丙辰中秋

苏 轼

明月几时有？把酒①问青天。不知天上宫阙②，今夕是何年。我欲乘风归去，又恐琼楼玉宇，高处不胜③寒。起舞弄④清影，何似在人间！

转朱阁，低绮户⑤，照无眠。不应有恨，何事长向别时圆？人有悲欢离合，月有阴晴圆缺，此事古难全。但愿人长久，千里共婵娟⑥。

## 【注　释】

①把酒：端起酒杯。

②天上宫阙（què）：指月中宫殿。阙，古代宫殿前左右竖立的楼观。

③不胜：不堪承受。

④弄：赏玩。

⑤绮户：雕饰华丽的门窗。

⑥婵娟：指嫦娥，传说她是月宫里的仙女。这里借代月光。

## 【译　文】

天上的明月啊，你何时把清辉洒向人间？我手持酒杯来询问青天。不知道月中的宫殿，如今是哪一年？我想要乘御清风归返月宫，又担心高耸九天的月中宫殿寒冷得令人难以承受。翩翩起舞玩赏着自己的月下清影，归返月宫怎比得上留在人间！

月亮照过了朱红色的楼阁，又把月光投进雕花的门窗，照着失眠的人。月亮跟人们该没有什么怨恨吧，为什么老是拣人们离别、孤独的时候才圆呢？人有悲欢离合的变迁，月有阴晴圆缺的转换，这种事自古以来难以周全。但愿离人能长久平安，虽远隔千里，却能共享这美好的月光。

## 赏　析

这首词堪称是宋词乃至中国历史上的经典篇章。全词文采、思想性和哲理性等都堪称完美。当时苏轼出川宦游，滞留密州，政治上深刻地体验宦途险恶；生活上与亲人分隔两地，饱受思乡之苦。中秋之夜，他望月怀人，感慨身世，激荡出如许感慨。此词通篇咏月，却处处关合人事，上阕借明月自喻孤高，下阕用圆月衬托别情，构思奇特，极富浪漫主义色彩。

## 四十三　鹊桥仙

秦　观

纤云弄巧①，飞星传恨②，银汉迢迢暗渡。金风③玉露④一相逢，便胜却人间无数。

柔情似水，佳期如梦，忍顾⑤鹊桥归路。两情若是久长时，又岂在朝朝暮暮。

## 【注　释】

①纤云弄巧：轻柔多姿的云彩变化出许多优美巧妙的图案。暗示这是乞巧节。

②飞星传恨：作者想象被银河阻隔的牛郎、织女，他们的离愁别恨仿佛通过飞

驰的星星传递出来。

③金风：秋风。

④玉露：晶莹如玉的露珠，指秋露。

⑤忍顾：不忍心回头看。

## 【译　文】

秋云多变，流星传恨，牛郎织女在七夕渡天河相会。秋风白露在秋天相遇，胜过了人间无数的儿女情长。

温柔情感似水，美好时光如梦，不忍回头看各自鹊桥两头的归路。如果双方的感情坚贞不渝，又何必执著于朝朝暮暮相厮守。

## 赏　析

秦观（1049—1100），字少游，号淮海居士，高邮（今江苏县名）人。曾任太学博士兼国史编修官等职，后被贬，死于放还的路上。秦观词风婉约，深有情致，多写男女情爱，亦有感伤身世之作。

这是一首咏七夕节的词，首句展示七夕独有的景致与氛围，"巧"与"恨"，则将七夕人间"乞巧"的主题及"牛郎织女"故事的悲剧性特征点明。借牛郎织女悲欢离合的故事，歌颂坚贞的爱情。结尾句"两情若是久长时，又岂在朝朝暮暮"最有境界，这两句既写出牛郎、织女的爱情模式的特点，又表述了作者的爱情观，是高度凝练的名言佳句，这首词因而也就具有了跨时代的审美价值和艺术品位。

# 四十四　声声慢

李清照

寻寻觅觅，冷冷清清，凄凄惨惨戚戚。乍暖还寒时候，最难将息①。三杯两盏淡酒，怎敌他晚来风急？雁过也，正伤心，却是旧时相识。

满地黄花堆积，憔悴损，如今有谁堪摘？守著窗儿独自，怎生②得黑！梧桐更兼细雨，到黄昏、点点滴滴。这次第③，怎一个愁字了得！

## 【注　释】

①将息：保养休息。

②怎生：怎样，怎么。

③这次第：这一连串的情况。

## 【译　文】

我一人独处，若有所失地东寻西觅，但过去的一切都在动乱中失去了，永远都寻不见、觅不回了；眼前，室内别无长物，室外万木萧条，环境冷冷清清；这情境又引起内心的感伤，于是凄凉、惨痛、悲戚之情一齐涌来，令人痛彻肺腑，难以忍受。特别是在秋季这样骤热骤冷的时节，最难以保养休息。饮进愁肠的几杯薄酒，根本不能抵御晚上的冷风寒意。仰望天空，但见一行行鸿雁飞过，传递书信的鸿雁似曾相识，但书信已无人可寄，更感到悲痛伤心。

地上到处是零落的黄花，憔悴枯损，如今有谁能与我共摘黄花？唉……且已无花可采摘啊！整天守在窗边，孤孤单单的，怎么容易挨到天黑啊！到了黄昏时分，又下起了绵绵细雨，一点点，一滴滴洒落在梧桐叶上，发出令人心碎的声音。这种种情形，一个"愁"字怎么能说尽呢！

## 赏　析

李清照（1084—约1151），号易安居士，济南人。我国文学史上最有名的女词人。其父李格非曾为官，有一定的文学造诣，丈夫赵明诚是有名的金石研究家。金兵南侵，李清照开始了颠沛流离的生活，后死于南方。她工诗能文，尤以词闻名于世，曾提出"词别是一家"的独特见解。她的词风以婉约为主。

这是李清照南渡以后的一首名作。通过秋景秋情的描绘，抒发国破家亡、天涯沦落的悲苦之情，具有时代特色。全词一气贯注，在结构上打破了上下阕的局限，着意渲染愁情，如泣如诉，感人至深。首句连用十四个叠字，形象地抒写了作者的举动、所处的环境和心情。下文"点点滴滴"，又前后照应，表现了作者孤独寂寞的忧郁情绪。全词一字一泪，缠绵哀怨，极富艺术感染力。

# 四十五　满江红

### 岳　飞

怒发冲冠，凭栏处、潇潇①雨歇。抬望眼，仰天长啸，壮怀激烈。三十功名尘与土，八千里路云和月。莫等闲、白了少年头，空悲切。

靖康耻②，犹未雪。臣子恨，何时灭！驾长车，踏破贺兰山缺。壮志饥餐胡虏肉，笑谈渴饮匈奴血。待从头收拾旧山河，朝天阙③。

## 【注　释】

①潇潇：形容雨势急骤。

②靖康耻：宋钦宗靖康二年（1127年），金兵攻破东京（今河南开封市），后又虏走徽宗、钦宗二帝。

③天阙：皇宫、朝廷。

## 【译　文】

我怒发冲冠，独自登高凭栏，阵阵风雨刚刚停歇。抬头远望天空高远壮阔，我禁不住仰天长啸，一片报国之心激荡沸腾。三十多年的功名如同尘土，八千里的征程经过多少风云人生。好男儿，要抓紧时间为国建功立业，不要空空将青春消磨，等年老时徒自悲切。靖康之耻至今未雪。作为国家臣子的愤恨，何时才能泯灭！我愿驾上战车，踏破贺兰山。我满怀壮志，发誓歼灭强敌，在谈笑风生中扫除狼烟。待我重新收复旧日山河，再向国家报告胜利的消息。

## 赏析

岳飞（1103—1142），字鹏举，汤阴（今河南县名）人。南宋初期的抗金名将，战功卓著，曾任枢密副使，后被秦桧陷害致死。

这首词体现了岳飞"精忠报国"的英雄之志，传达出一股浩然正气、一种英雄气概，表达了岳飞报国立功的信心和乐观主义精神。这首词也体现了伟大的中华民族坚强不屈、乐观豪迈的精神，是一首千百年来激励人心的名作。

## 四十六　钗头凤

陆　游

红酥手①，黄縢酒②。满城春色宫墙柳。东风恶，欢情薄。一怀愁绪，几年离索③。错，错，错。

春如旧，人空瘦。泪痕红浥④鲛绡⑤透。桃花落，闲池阁。山盟虽在，锦书难托。莫，莫，莫！

### 【注　释】

①红酥手：形容女性手的柔软、光滑、细腻。

②黄縢（téng）酒：宋时官酒上以黄纸封口，又称黄封酒。

③离索：分离。

④浥（yì）：沾湿，湿润。

⑤鲛绡：传说鲛人织绡，极薄，后以泛指薄纱。

### 【译　文】

红润柔软的纤手，捧出黄纸封口的美酒，满城荡漾着春天的景色，宫墙里的绿柳枝条摇曳。东风多么可恶，把浓郁的欢情吹得那样稀薄，我满怀抑郁忧愁的情绪，离别几年来的生活十分萧索。回顾起来都是错，错，错。

美丽的春景依然如旧，只是人因相思变得消瘦，泪水洗尽脸上的胭红，把薄绸的手帕全都湿透。满园的桃花已经凋落，池塘的水也已干涸，永远相爱的誓言虽在，可是书信难以托谁投寄给你。深思熟虑之下只有放弃。莫，莫，莫！

**赏 析**

陆游（1125—1210），字务观，号放翁，山阴（今浙江绍兴）人。他一生坚决主张抗金，不断受到投降派的打击、排挤，是南宋杰出的爱国诗人，留下诗词近万首。他的词作以豪放悲壮为主，也有婉丽飘逸的一面。

这是一篇"风流千古"的佳作，它描述了一个动人的爱情悲剧。陆游的原配夫人是同郡唐氏士族的一个大家闺秀，他们情意相投，感情深厚。但因陆母不喜儿媳，威逼二人各自另行嫁娶。十年之后的一天，陆游春游，与携夫同游的唐氏不期而遇。此情此景，陆游"怅然久之，为赋《钗头凤》一词，题园壁间。"这便是这首词的来历。

# 四十七　青玉案·元夕①
### 辛弃疾

东风夜放花千树②。更吹落，星如雨③。宝马雕车香满路。凤箫声动，玉壶④光转，一夜鱼龙舞⑤。

蛾儿雪柳黄金缕⑥，笑语盈盈⑦暗香⑧去。众里寻他千百度，蓦然回首，那人却在，灯火阑珊处。

## 【注　释】

①元夕：农历正月十五日为元宵节，也叫上元节。此夜称元夕或元夜。

②花千树：花灯之多如千树开花。

③星如雨：指焰火纷纷，乱落如雨。星，指焰火。形容满天的烟花。

④玉壶：比喻明月。

⑤鱼龙舞：指舞动鱼形、龙形的彩灯。（即舞鱼舞龙，是元宵节的表演节目。）

⑥蛾儿、雪柳、黄金缕：皆古代妇女元宵节时头上佩戴的各种装饰品。这里指着盛装的妇女。

⑦盈盈：声音轻盈悦耳，亦指仪态娇美的样子。

⑧暗香：本指花香，此指女性身上散发出来的香气。

## 【译　文】

上元节之夜，满城灯火，就像一夜春风吹开了千树万树的繁花，满天的焰火明灭，又像是春风把满天星斗吹落。宝马香车来来往往，醉人香气弥漫大街。明月的清辉在空中随着月亮的移动而变化，悦耳的笙箫之音彻夜四处回荡，人们舞动着鱼形、龙形的彩灯上下翻飞，彻夜狂欢。美人们盛装打扮，头上都戴着亮丽的饰物。她们微笑着在人群中行走，带着淡淡的香气。我寻找的人，千百次寻找她，都没看到。不经意间一回头，却看见她孤独地站立在灯火昏暗处。

## 赏　析

辛弃疾（1140—1207），字幼安，号稼轩，历城（今山东济南）人。我国文学史上著名的大词人，词风慷慨豪放。少年时率众参加抗金起义军，后南归，曾任湖北、湖南、江西安抚使等职务。四十二岁遭逢落职，长期闲居，晚年曾再度被起用，但时间不长，后忧愤而死。

此词极力渲染元宵节观灯的盛况。先写灯火辉煌、歌舞欢腾的热闹场面。花千树，星如雨，玉壶转，鱼龙舞。满城张灯结彩，盛况空前。观灯的人有的乘坐马车而来，也有盛装打扮的女子结伴散步而来。在倾城狂欢之中，词人却无意观灯，于众人中寻找意中人，久望不见，猛然回首，那人却在"灯火阑珊处"。结尾四句，借"那人"的孤芳自赏，表明作者不肯同流合污的高洁品格。全词构思新颖，语言工巧，曲折含蓄，余味不尽。"众里寻他千百度，蓦然回首，那人却在，灯火阑珊处"一句，历来广为人传诵。

# 四十八　破阵子①·为陈同甫赋壮词以寄
### 辛弃疾

醉里挑灯看剑，梦回吹角连营②。八百里分麾下③炙④，五十弦翻⑤塞外声，沙场秋点兵。

马作的卢⑥飞快，弓如霹雳弦惊。了却君王天下事⑦，赢得生前身后⑧名。可怜白发生！

## 【注　释】

①破阵子：词牌名。

②吹角连营：各个营垒接连响起号角声。这是作者梦醒后的想象。

③麾（huī）下：军旗下面，指军营里。

④炙（zhì）：切碎的熟肉。

⑤翻：弹奏。塞外声，边塞主题的雄壮悲凉的军歌和悲壮粗犷的战歌。

⑥的（dí）卢：马名，一种性子很烈，跑得很快的马。

⑦天下事：这里指收复中原的国家大事。

⑧身后：死后。

## 【译 文】

　　酒醉中，我挑亮灯火观赏宝剑，梦醒后我恍惚觉得天已拂晓，连绵不断的军营里响起了阵阵嘹亮雄壮的号角声。用大块的烤牛肉犒劳将士们，军乐队奏着高亢激越的边塞战歌，以助兴壮威。在秋风呼啸的战场上，我检阅着各路兵马，准备出征。

　　将士们骑骏马飞奔，快如"的卢"，风驰电掣；拉开强弓万箭齐发，响如"霹雳"，惊心动魄。敌人溃败了。我率领将士们终于完成了收复中原、统一祖国的伟业，赢得了生前死后不朽的英名。原来，那壮阔盛大的军容，横戈跃马的战斗，以及辉煌的胜利和千秋功名，不过全是梦境。实际上，我壮志未酬，岁月虚度，早已白发丛生。

## 赏 析

　　这首词约作于1188年，当时辛弃疾被免官，失意闲居于江西带湖。陈同甫，辛弃疾好友。辛、陈两人才气相当，抱负相同，都是力主抗金复国的志士，慷慨悲歌的词人。1188年，辛、陈鹅湖之会议论抗金大事，一时传为词坛佳话，鹅湖之会分手后，辛弃疾写下这首"壮词"赠寄好友。

　　这首词描绘的内容无沙场征战的悲苦，有壮志报国的热烈。词中通过创造雄奇的意境，抒发了杀敌报国、收复河山、建立功名的壮怀，亦抒发了壮志未酬的悲愤心情。

## 四十九　点绛唇·丁未冬过吴松作

姜　夔

燕雁①无心，太湖西畔随云去。数峰清苦。商略②黄昏雨。
第四桥边③，拟共天随④住。今何许。凭栏怀古，残柳参差舞。

## 【注 释】

①燕雁：北来之雁。燕（yān），指北方。

②商略：商量。

③第四桥边：指唐诗人陆龟蒙隐居之处。

④天随：陆龟蒙自号天随子。

## 【译 文】

　　北来的大雁，无心无愁，随着流云，沿着太湖西畔悠悠飞去。湖边的一座座山峰显得那么冷清孤独，云重雾绕，仿佛在议论，黄昏时能不能下雨。唐朝诗人陆龟蒙曾隐居在甘泉桥畔，我打算追随他在那里居住。而今如何？我倚着栏杆，想起往事，心潮起伏，只见残柳枝条参差不齐地在风中飘舞。

## 赏　析

　　姜夔（约1155—1209），字尧章，号白石道人，鄱阳（今江西波阳）人。一生未仕，落拓失意，往来于苏杭一带，与杨万里、范成大、辛弃疾交往甚密。精于诗、词、书法、音乐，其中词的成就最高。他的词风格婉约，喜自创新调，重格律，音节谐美。

　　这首糅合情景、自抒胸臆的怀古词写于淳熙十四年（1187）秋，是词人道经吴松时所作。上阕第二韵为体现姜夔独特风格的名句，神貌清苦的数峰聚首商量黄昏降雨与否，物拟人，人拟物，是词人自我的形象体现，含义极丰富。自然与词人浑然为一，自然景观体现了诗人的风骨和精神。下阕点明怀古。家住苏州甫里的唐代诗人陆龟蒙（天随子），姜夔甚推崇之，今临其隐居地，能不念及？想来云雾缭绕"商略黄昏雨"的数峰中，陆、姜当各占其一。

# 五十　一剪梅·舟过吴江

### 蒋　捷

　　一片春愁待酒浇。江上舟摇，楼上帘招。秋娘渡与泰娘桥①，风又飘飘，雨又萧萧。

　　何日归家洗客袍？银字笙②调，心字香③烧。流光容易把人抛，红了樱桃，绿了芭蕉。

## 【注　释】

①秋娘渡与泰娘桥：都是吴江地名。
②银字笙：笙上用银作字以表示音色的高低。
③心字香：心字形的香。

## 【译　文】

　　船在吴江上飘行，我满怀羁旅的忧思，看到岸上酒帘子在飘摇，便产生了借酒消愁的愿望。船只经过令文人骚客遐想不尽的胜景秋娘渡与泰娘桥，我也没有好心情欣赏，眼前是"风又飘飘，雨又萧萧"。哪一天能回家洗净旅途衣服的尘灰，结束漂泊劳顿的生活呢？哪一天能和家人团聚在一起，调弄镶有银字的笙，点燃熏炉里心字形的盘香？春光容易流逝，人们追赶不上，樱桃才红熟，芭蕉又绿了，春去夏又到。

## 赏析

　　蒋捷（约1245—1305后），字胜欲，宜兴（今属江苏）人。宋亡后在竹山隐居，后人称为竹山先生，著有《竹山词》。词作精于以白描的手法来写景抒情，词风豪爽。

　　这是一首写在离乱流亡途中思乡的词。春光美景与凄楚的心境在强烈地对照着。在时光的流逝中，春愁却无法排遣。词人于南宋灭亡后，漂泊于姑苏一带的太湖之滨，那里山柔水秀，但一个彷徨四顾、前程渺茫、有家难归的游子置身在此境地里，却也无心欣赏，只有满心的惆怅。

# 毛泽东诗词

## 五十一　沁园春①·长沙

一九二五年

独立寒秋，湘江北去，橘子洲②头。

看万山红遍，层林尽染；

漫江碧透，百舸③争流。

鹰击长空，鱼翔浅底，万类霜天竞自由。

怅寥廓，问苍茫大地，谁主沉浮？

携来百侣曾游，忆往昔峥嵘岁月稠。

恰同学少年④，风华正茂；

书生意气，挥斥方遒⑤。

指点江山，激扬文字，粪土当年万户侯。

曾记否，到中流击水，浪遏⑥飞舟？

### 【注　释】

①沁园春：词牌名，由东汉的沁水公主园得名。

②橘子洲：在长沙城西湘江中。岛上产美橘，故称橘子洲。

③舸（gě）：大船。

④同学少年：毛泽东于 1914 年至 1918 年就读于湖南第一师范学校。1918 年毛泽东和蔡和森、何叔衡等组织新民学会，开始了他早期的政治活动。

⑤遒（qiú）：强劲。

⑥遏（è）：阻止。

### 【译　文】

在深秋一个天高气爽的日子里，我独自伫立在橘子洲头，眺望着湘江碧水缓缓北流。

看湘江两岸的群山都变成了红色，山上一层层枫树林经霜后火红一片，好像染过颜色一样；满江秋水清澈澄碧，一艘艘大船乘风破浪，奋勇争先。

雄鹰敏捷矫健，搏击长空，在辽阔的蓝天里飞翔；鱼儿轻快自如，在明净的水里遨游，一切生物都在秋天里争求自由。

面对着无边无际的宇宙，千万种思绪一齐涌上心头，我不禁要问：这苍茫大地的盛衰兴废，由谁决定、主宰？

回顾过去，我和我的朋友，经常携手结伴来到这里漫游。在一起商讨国家大事，那无数不平凡的岁月至今还萦绕在心头。

同学们正值青春年少，风华正茂。大家踌躇满志，意气奔放，劲头正足。评论国家大事，写出那激浊扬清的文章，把当时那些达官贵人、军阀官僚看得如同粪土。

大家是否记得，当年我们在江中游泳，那激起的浪花几乎挡住了疾驶而来的船只？

## 赏　析

1925 年秋，毛泽东得知湖南军阀赵恒惕下令逮捕他的消息，就化装离开韶山，秘密来到长沙。毛泽东随后转赴广州参加会议，离开之前重游了长沙故地，写下了这首词。《沁园春·长沙》以豪情和美景的交融表现了一种崇高美。它不仅使我们欣赏到壮丽的秋景，也使我们从词人昂扬炽烈的革命情怀中，汲取奋发前进的信心和力量。

# 五十二　采桑子·重阳①
一九二九年十月

人生易老天难老②，岁岁重阳。
今又重阳，战地黄花分外香。
一年一度秋风劲，不似春光。
胜似春光，寥廓江天万里霜。

## 【注　释】

①重阳：农历九月初九叫"重阳节"。我国有重阳登高赏菊的习俗。1929 年的重阳节阳历是 10 月 11 日，因此这首词是写于 1929 年 10 月。

②天难老：源于李贺《金铜仙人辞汉歌》中的"衰兰送客咸阳道，天若有情天亦老"。

## 【译　文】

人之一生多么容易衰老而苍天不老，
重阳佳节年年都来到。
今天又逢重阳节，
看战场上的菊花分外的美丽芬芳。

一年一度的秋风刚劲猛烈地吹送，

景色没有春天的明媚。

却胜过春天的明媚，

经过秋霜浸润辽阔的江天，景色更加美丽。

## 赏 析

这首词写的是重阳节的战地风光，字里行间洋溢着革命乐观主义精神，表达了词人与红军战士们在艰苦的战斗生活中斗志昂扬、进取乐观的精神风貌。

1929 年的重阳节是阳历 10 月 11 日。这年秋天，红四军在福建省西部汀江一带歼灭土著军阀，攻克了上杭，所以，词中说"战地黄花分外香"。这首词两度突出"重阳"，既符合"采桑子"这一词牌的"反复"的格律，又表现作者的革命豪情。

# 五十三　十六字令①三首
### 一九三四年至一九三五年

### 其一

山，快马加鞭未下鞍。惊回首，离天三尺三。

### 其二

山，倒海翻江卷巨澜。奔腾急，万马战犹酣。

### 其三

山，刺破青天锷②未残。天欲堕，赖以拄③其间。

## 【注 释】

①十六字令：词牌名，因全词仅有十六字，故名十六字令。三首结合在一起，为联章体组词。

②锷（è）：剑刃。
③拄：支撑。

## 【注 释】

### 其一

山，策马扬鞭向前飞奔。猛然勒马回头一看，惊奇地发现驰骋而过的大山山势极高，距离天空仅有三尺三！

### 其二

山，气势磅礴连绵犹如翻江倒海，狂卷着巨浪；又好比千军万马在战场激烈厮杀！

**其三**

山，高耸入云，像一把宝剑刺破天空，但剑刃锋利，丝毫未损。天好像快要倒塌下来了，唯有倚傍着这宝剑才得以挂在空中。

## 赏析

小令的篇幅固然很小，但"有容乃大"。毛泽东这三首小令用不同的表现手法，从不同的角度对山峰进行了颇为传神的描绘，并且对其存在的重大意义作了高度的评价，篇幅之短小与内容之丰富在此得到了完美的统一。

三首小令的共同点是字面上都在写山，而实际上都着笔于此，寓旨于彼。通过写山，以其象征意义讴歌长征途中伟大的中国共产党及其领导下的工农红军雄伟豪迈的气魄和一往无前的英雄主义精神。


# 五十四　忆秦娥①·娄山关②

一九三五年二月

西风烈，长空雁叫霜晨月。

霜晨月，马蹄声碎，喇叭声咽。

雄关漫道真如铁，而今迈步从头越。

从头越，苍山如海，残阳如血。


## 【注　释】

①忆秦娥：词牌名，源于李白诗"秦娥梦断秦楼月"。

②娄山关：在遵义市城北大娄山的最高峰上，是从四川入贵州的要道。


## 【译　文】

西风正猛烈地吹送，大雁鸣霜，晓月当空。晓月当空啊，嗒嗒的马蹄声清脆错落，阵阵军号声沉郁断续。

不要说雄伟的娄山关险固如铁，它已在我们的脚下，现如今让我们重振旗鼓再向前。重振旗鼓再向前啊，我们面对着茫茫青山如大海，殷红夕阳赤如血，怎不无限感慨。


## 赏析

1935年1月16日至18日，遵义会议开了三天，随后红军计划经过川南，渡江北上，进入川西，直取成都，击灭刘湘，在川西建立根据地。但是事与愿违，红军遇到了川军的重重阻力。红军由娄山关一直向西，在一个叫"鸡鸣三省"（四川、云南、贵州三省的交界处）的地方，突然遇到了云南军队的强大阻力，无法前进。中央政治局紧急召开会议，当机立断决定循原路反攻遵义，出其不意地打了个回马枪。随后红军乘胜追击，共消灭敌军两个师，重占遵义。这是红军在长征开始后取得的第一个重大胜利，是中国革命在遵义会议后一个新的胜利起点。

作者站在高处，凭空远眺，看远处连绵起伏的山脉，莽莽苍苍，像大海一样广阔深邃；黄昏的夕阳渐渐落下，剩余的一抹霞光，如血一般映红天际。全词赞扬了红军战士大无畏的英雄气概和战斗胜利后的豪迈心情。毛泽东这首词的艺术手法，是通过对红军越过娄山关，并向遵义进军的描写，反映出遵义会议后红军的顽强勇猛、视险如夷的豪迈气魄和无坚不摧、无攻不克的战斗雄姿。

## 五十五　念奴娇①·昆仑②

一九三五年十月

横空出世，莽昆仑，阅尽人间春色。
飞起玉龙③三百万，搅得周天寒彻。
夏日消溶，江河横溢，人或为鱼鳖④。
千秋功罪，谁人曾与评说？

而今我谓昆仑：不要这高，不要这多雪。
安得倚天抽宝剑⑤，把汝裁为三截？
一截遗⑥欧，一截赠美，一截还东国⑦。
太平世界，环球同此凉热。

**【注　释】**

①念奴娇：词牌名。
②昆仑：山脉名，我国西部的山脉，是世界最大的山脉之一，西起帕米尔高原，沿新疆、西藏边界向东延伸。
③玉龙：白色的龙。这里指终年积雪的昆仑山脉像白色的龙。
④或为鱼鳖：也许为鱼鳖所食。

⑤倚天抽宝剑：传战国楚宋玉作《大言赋》："方地为车，圆天为盖。长剑耿介，倚天之外。"李白的《大猎赋》："于是摔倚天之剑"。形容宝剑极长和带剑的人极高大。
⑥遗（wèi）：赠送。
⑦还东国：留给东方国家。

**【注　释】**

破空而出的是，

莽莽昆仑山，
你已看遍人世间的风云变幻。
冬天自你身上飞舞起千百万条冰凌巨龙，
满天被你搅得寒入骨髓。
夏天你的冰雪溶化，江河纵横流淌，
有些人或许葬于鱼腹。
你的千年功过是非，
究竟何人曾予以评说？

现在我要对昆仑说：
你不要如此高峻，
也不要这么多雪。
我怎样才能背靠青天抽出倚天宝剑，
把你斩为三截呢？
一截送给欧洲，
一截赠予美洲，
一截留在东方国家。
在这和平世界里，
整个地球将共同感受你适宜的暑热与清凉。

## 赏　析

　　毛泽东以"横空出世"的磅礴气势和顶天立地的巨人姿态，对"昆仑"俯首倾谈："不要这高，不要这多雪。安得倚天抽宝剑，把汝裁为三截？"壮哉！伟哉！谁能有如此气魄？从古至今，敢以"昆仑"为题，毛泽东是天下第一人！《念奴娇·昆仑》严格地说是一首十分复杂的诗，诗人的胸怀在这首诗中不仅仅是容纳了祖国河山，而且容纳了整个人类世界。它的主题到底是什么？毛泽东已在1958年12月21日为这首诗写批注时强调"昆仑：主题思想是反对帝国主义，不是别的。"将共产主义传遍全球，这种改变世界的抱负，也只有毛泽东这样的伟人才有。

# 五十六　七律·长征①
### 一九三五年十月

红军不怕远征难，万水千山只等闲。
五岭②逶迤③腾细浪，乌蒙④磅礴走泥丸⑤。
金沙水拍云崖暖，大渡桥横铁索⑥寒。
更喜岷山⑦千里雪，三军过后尽开颜。

## 【注　释】

①长征：1934年10月中央红军从江西出发，走过了福建、广东、湖南、广西等十一个省，于1935年10月到达陕北，行程二万五千余里。

②五岭：指大庚岭、骑田岭、都庞岭、萌渚岭、越城岭等山岭。它们绵延于江西、湖南、广东、广西之间。

③逶迤（wēi yí）：弯弯曲曲延续不绝的样子。

④乌蒙：云贵间金沙江南岸的山脉。

⑤走泥丸：《汉书·蒯通传》，"阪上走丸"，从斜坡滚下泥丸，形容跳动之快。

⑥铁索：大渡河上泸定桥，它是用十三根铁索组成的桥。

⑦岷山：在四川和甘肃边界，海拔四千米左右。1935年9月红军长征经此。

## 【译　文】

红军不惧怕远征的千难万险，
越过千山万水都是等闲小事。
五座岭南大山蜿蜒像细小的波浪，
高峻的乌蒙山如脚下滚动的泥丸。
金沙江的波涛拍打得使云中的悬崖温暖，
大渡河桥横跨两岸使桥上铁索更加寒冷。
更令人欢喜的是岷山上千里的皑皑白雪，
这些，英勇的红军将士经历过了，他们笑迎胜利的明天。

## 赏　析

对长征这样重大的题材、重大的主题，毛泽东却举重若轻地以一首短短的七律浓缩了它的景观，其中包括了多少惊险，多少曲折，多少悲壮，多少感天地泣鬼神的故事。诗人以长征为题材的诗还有《忆秦娥·娄山关》、《十六字令三首》、《念奴娇·昆仑》、《清平乐·六盘山》，这些诗词都是写一景一地，并以此来表达心情。而这首《长征》，从题目就可看出，是写整个长征的经过与感受，诗人从正面着手，运酣畅之笔朝四面八方抒写，一首八行七律担当了二万五千里，担当了一个包罗万象的主题。

# 五十七　沁园春·雪

一九三六年二月

北国风光，千里冰封，万里雪飘。
望长城内外，惟余莽莽①；
大河上下，顿失滔滔②。
山舞银蛇，原驰蜡象③，欲与天公试比高。
须晴日，看红装素裹④，分外妖娆⑤。
江山如此多娇，引无数英雄竞折腰。
惜秦皇汉武，略输文采；
唐宗宋祖，稍逊风骚。
一代天骄⑥，成吉思汗，只识弯弓射大雕。
俱往矣⑦，数风流人物⑧，还看今朝。

## 【注　释】

①惟余莽莽：只剩下白茫茫的一片。惟余，只剩。莽莽，这里是无边无际的意思。

②顿失滔滔：指黄河因结冰而立刻失去了波涛滚滚的气势。

③山舞银蛇，原驰蜡象：群山好像一条条银蛇在舞动，高原上的丘陵好像许多白象在奔跑。蜡象，白色的象。作者自注指秦晋高原。

④红装素裹：形容雪后天晴，红日和白雪交相辉映的壮丽景色。

⑤妖娆：娇艳妩媚。

⑥一代天骄：指称雄一世的人物。天骄，"天之骄子"的省略语。汉朝人称匈奴单于为天之骄子，后来称历史上北方某些少数民族君主为天骄。

⑦俱往矣：都已经过去了。俱，都。

⑧风流人物：这里指能建功立业的英雄人物。

## 【译　文】

北方的风光，千里冰封，万里雪飘。眺望长城内外，只剩下白茫茫的一片。宽广的黄河上下，河水顿时失去了滔滔气势。连绵的群山好像一条条银蛇蜿蜒游走，高原上的丘陵好像许多白象在奔跑，它们似乎想要与苍天比试一下高低。等到天晴时，请看红日照耀下的白雪，格外的娇艳妩媚。

祖国的山川是这样的壮丽，令古往今来无数的英雄豪杰为此倾倒。只可惜像秦始皇、汉武帝这样勇武的帝王，略差文学才华；英明的唐太宗、宋太祖，在文治方面也有不足。称雄一世的天之骄子成吉思汗，却只知道拉弓射大雕。这些都已经过去了，算一算真正能够建功立业的人，还要看现在的我们。

## 赏析

雪，冰清玉洁，是情趣的寄托，是人格的化身。自古以来，多少文人墨客以雪为题，咏诗作赋，留下千古佳句。被柳亚子称赞为千古绝唱的《沁园春·雪》，就是咏雪诗词中的奇葩。这首词上阕以排山倒海的气势，描绘了一幅辽阔的北国雪景图，隐喻了波澜壮阔的革命全景。下阕以改天换地的豪情，展开了一幅壮丽的中华历史长卷，暗含了建设国家的全盘大计。纵横几万里，上下数千年，时空交织而又浑然一体。艺术上足以令人神醉，情感上抒发拳拳至爱，军事上吹响胜利号角，政治上评说文武之道。它彰显了词人精神世界中一些寻常难见难及之处，让我们领略到他浪漫的情怀、超凡的智慧、过人的胆识，感受到他对中华民族美好未来的信心及对祖国母亲的无限热爱。

# 五十八 七律·人民解放军占领南京

一九四九年四月

钟山①风雨起苍黄，百万雄师过大江。
虎踞龙盘②今胜昔，天翻地覆慨而慷。
宜将剩勇追穷寇③，不可沽名学霸王④。
天若有情天亦老⑤，人间正道是沧桑⑥。

## 【注 释】

①钟山：指南京中山门外的紫金山。
②虎踞龙盘：诸葛亮曾惊赞金陵"钟山龙盘，石头虎踞，此帝王之宅。"这句话形容南京地势险要，是帝王建都的好处所。
③追穷寇：完全彻底消灭敌寇。
④霸王：指西楚霸王项羽。
⑤天若有情天亦老：这是李贺的诗句，是说老天如果有感情，有喜怒哀乐，那么

他也会老。李贺用这句表达了他对所处时代的无奈及悲天悯人的情感。而毛主席也用"天若有情天亦老，人间正道是沧桑。"这句说明苍天有悲悯之情，也同样衰老无力，不能挽救蒋介石腐朽政权的灭亡命运。只有人类社会的发展和前进才是沧海变桑田一样不可改变的客观规律。
⑥沧桑：沧海桑田的略语。

## 【译 文】

革命的暴风雨涤荡着蒋家王朝都城南京，解放军以百万雄师突破长江天险，以风扫残云之势直捣蒋军苦心经营的老巢。

以雄奇险峻而著称的古都南京回到了人民手中，她比任何时候都美丽，这天翻地覆的变化令人慷慨高歌、欢欣鼓舞。

应该趁此敌衰我盛的大好时机，追歼残敌，解放全中国。不可学习那贪图虚名，放纵敌人，终造成自己失败的楚霸王项羽。

苍天如果有知，它也会体察到历史兴衰的变化。不断地变异、不断地发展、不断地前进，这才是人类社会发展的必然规律。

## 赏 析

1949 年 4 月 20 日，国民党拒绝在和平协定上签字，和平谈判最后破裂。当夜，解放军在东起江苏江阴，西迄江西湖口的千里长江上，兵分三路，强渡长江。23 日晚，东路陈毅的第三野战军占领南京。毛泽东听到这个消息异常振奋，于是写下了有名的《人民解放军占领南京》。本诗气势恢弘，语言铿锵有力，它表现了人民解放军完全、彻底消灭国民党反动派的信心和决心，表达了解放全中国的必胜信念！

## 五十九　蝶恋花·答李淑一①
### 一九五七年五月十一日

我失骄杨君失柳，杨柳②轻飏直上重霄九。
问讯吴刚何所有，吴刚捧出桂花酒。
寂寞嫦娥舒广袖，万里长空且为忠魂舞。
忽报人间曾伏虎③，泪飞顿作倾盆雨。

### 【注 释】

①李淑一：当时是湖南长沙第十中学的语文教师，杨开慧的好友。

②杨柳：指毛泽东的妻子杨开慧和李淑一的丈夫柳直荀。

③伏虎：指革命胜利。

### 【译 文】

我失去了值得骄傲自豪的杨开慧同志，您失去了亲人和战友柳直荀同志，
他们的忠魂都来到了云霄九天。
向月宫里的吴刚询问他有什么，
吴刚捧出了桂花美酒来招待。

寂寞的嫦娥轻轻挥动着宽大的长袖，
在万里长空为他们的忠魂起舞。

忽然报来了革命胜利的好消息，
他们激动的泪水顿时化作了倾盆大雨降落人间。

## 赏　析

1957 年春节，李淑一写信给毛泽东，附了一首她在 1933 年怀念柳直荀时写的《菩萨蛮》。李淑一词中有"征人何处觅？六载无消息"句，故此毛泽东以一首《蝶恋花》回答了烈士去处的问题。表达了对杨开慧等革命烈士的缅怀之情。

这首词运用浪漫主义的手法，抒写杨、柳两位烈士的忠魂到九重天入月宫的情状，抒发了对他们无限怀念之情，歌颂了他们的崇高品质与永垂不朽的精神。词人的想象力丰富、奇特。

# 六十　卜算子①·咏梅
### 一九六一年十二月
读陆游《咏梅》词，反其意而用之

风雨送春归，飞雪迎春到。
已是悬崖百丈冰，犹②有花枝俏。
俏也不争春，只把春来报。
待到山花烂漫时，她③在丛中笑。

## 【注　释】

①卜算子：词牌名。相传此词牌是由"卖卜算命之人"而得名。

②犹：仍然。
③她：梅花。

## 【译　文】

风雨即将把春天送归，
飞雪正在把春天迎回。
还是悬崖下凝结百丈冰柱的时节，
依然有花枝俏丽竞放。
俏丽，但她不掠春光之美，
只是把春天消息来报告。
待到春回大地，山花烂漫绽放时，
她在花丛中微笑。

　　1961 年正值中国遭受三年自然灾害时期，原苏联领导人有意挑起中苏论战，对中国施加政治、经济、军事上的压力。内忧外患，新中国受到了严峻的考验。"已是悬崖百丈冰"正是那时政治环境的真实写照。作为中国共产党的领袖毛泽东，写这首词是托梅寄志，表明中国共产党人的决心，在险恶的环境下决不屈服，勇敢地迎接挑战，直到取得最后胜利。虽然"已是悬崖百丈冰"，但"犹有花枝俏"——中国共产党就是傲霜斗雪的梅花。这首词透射出诗人的高尚品格和鲜明性格，即先行者和公仆的品格，艰危中奋不顾身、转安后乐于奉献的执著性格。

# 中国现当代经典诗文

## 六十一　地球，我的母亲！

郭沫若

地球，我的母亲！
天已黎明了，
你把你怀中的儿来摇醒，
我现在正在你背上匍行。

地球，我的母亲！
你背负着我在这乐园中逍遥。
你还在那海洋里面，
奏出些音乐来，安慰我的灵魂。

地球，我的母亲！
我过去，现在，未来，
食的是你，衣的是你，住的是你，
我要怎么样才能够报答你的深恩？

地球，我的母亲！
从今后我不愿常在家中居处，
我要常在这开旷的空气里面，
对于你，表示我的孝心。

地球，我的母亲！
我羡慕的是你的孝子，那田地里的农人，
他们是全人类的保姆，
你是时常地爱顾他们。

地球，我的母亲！
我羡慕的是你的宠子，那炭坑里的工人，

他们是全人类的普罗美修士①，
你是时常地怀抱着他们。

地球，我的母亲！
我想除了农工而外，
一切的人都是不肖的儿孙，
我也是你不肖的子孙。

地球，我的母亲！
我羡慕那一切的草木，我的同胞，你的儿孙，
他们自由地，自主地，随分地，健康地，
享受着他们的赋生。

地球，我的母亲！
我羡慕那一切的动物，尤其是蚯蚓——
我只不羡慕那空中的飞鸟：
他们离了你要在空中飞行。

地球，我的母亲！
我不愿在空中飞行，
我也不愿坐车，乘马，著袜，穿鞋，
我只愿赤裸着我的双脚，永远和你相亲。

地球，我的母亲！
你是我实有性的证人，
我不相信你只是个梦幻泡影，
我不相信我只是个妄执无明。

地球，我的母亲！
我们都是空桑中生出的伊尹②，
我不相信那缥缈的天上，
还有位什么父亲。

地球，我的母亲！
我想宇宙中的一切的现象，都是你的化身：

雷霆是你呼吸的声威，
雪雨是你血液的飞腾。

地球，我的母亲！
我想那缥缈的天球，只不过是你化妆的明镜，
那昼间的太阳，夜间的太阴，
只不过是那明镜中的你自己的虚影。

地球，我的母亲！
我想那天空中一切的星球，
只不过是我们生物的眼球的虚影，
我只相信你是实有性的证明。

地球，我的母亲！
已往的我，只是个知识未开的婴孩，
我只知道贪受着你的深恩，
我不知道你的深恩，不知道报答你的深恩。

地球，我的母亲！
从今后我知道你的深恩，
我饮一杯水，
我知道那是你的乳，我的生命羹。

地球，我的母亲！
我听着一切的声音言笑，
我知道那是你的歌，
特为安慰我的灵魂。

地球，我的母亲！
我眼前一切的浮游生动，
我知道那是你的舞，
特为安慰我的灵魂。

地球，我的母亲！
我感觉着一切的芬芳彩色，

我知道那是你给我的赠品，
特为安慰我的灵魂。

地球，我的母亲！
我的灵魂便是你的灵魂，
我要强健我的灵魂来，
报答你的深恩。

地球，我的母亲！
从今后我要报答你的深恩，
我知道你爱我你还要劳我，
我要学着你劳动，永久不停！

地球，我的母亲！
从今后我要报答你的深恩，
我要把自己的血液来
养我自己，养我兄弟姐妹们。

地球，我的母亲！
那天上的太阳——你镜中的影，
正在天空中大放光明，
从今后我也要把我内在的光明来照照四表纵横。

1919 年 12 月末作

## 【注　释】

①普罗美修士：希腊神话中半神半人
之神，据说他曾把天上的火种偷给人间，
因此触怒天帝，被缚在高加索山上，每天
受着神鹰啄肉的苦刑。

②空桑中生出的伊尹：伊尹，名伊，
尹是官名，一说名挚，助汤灭夏桀，为殷
商开国元勋。空桑，古地名，今河南杞县
西二十里，相传伊尹生于此。

## 赏 析

郭沫若（1892—1978）是"五四"新文化运动的奠基者之一，是我国杰出的无产阶级文化战士，也是我国现代著名的诗人。他的第一部新诗集《女神》出版于 1921 年 8 月，收集了他从 1918—1921 年所写的 50 多篇诗歌，突出地表现了"五四"的时代精神，是"五四"时期响亮的号角和震撼人心的战鼓。

《地球，我的母亲！》选自《女神》，是一首抒写劳动者的诗歌。诗人把农民誉为"全人类的保姆"，把工人称做"全人类的普罗美修士"。诗人对地球母亲由衷地表达了自己真诚的崇敬之情。

诗篇意象雄浑奇特，形象瑰丽生动。如把"雷霆"比作地球"呼吸的声威"，把"雪雨"比作地球"血液的飞腾"，把"地球"比作制造万物的"巨人"，把自我与自然融为一体。用深情的歌，赞颂了大地，讴歌了大自然与劳动者的伟大创造力。

这首诗的格调欢快、明朗、激越、深情，在形式上既保留了诗人擅长的自由诗的特征，又注意继承古代格律诗的传统及其优点，整齐押韵，音节和谐。全诗共 24 节，每节都以"地球，我的母亲！"开头，通过反复吟唱，加强了抒情效果。全诗词藻奇丽新颖，文字洒脱，笔调灵活，将对比、夸张、比喻、拟人等多种修辞手法糅合在一起，使整个作品富有浪漫色彩，艺术感染力极强。

# 六十二　雪落在中国的土地上

艾 青

雪落在中国的土地上，
寒冷在封锁着中国呀……

风，
像一个太悲哀了的老妇，
紧紧地跟随着
伸出寒冷的指爪
拉扯着行人的衣襟，
用着像土地一样古老的话，
一刻也不停地絮聒着……

那从林间出现的，
赶着马车的
你中国的农夫
戴着皮帽
冒着大雪
你要到哪儿去呢？

告诉你
我也是农人的后裔——
由于你们的
刻满了痛苦的皱纹的脸
我能如此深深地
知道了
生活在草原上的人们的
岁月的艰辛。

而我
也并不比你们快乐啊
——躺在时间的河流上
苦难的浪涛
曾经几次把我吞没而又卷起——
流浪与监禁
已失去了我的青春的
最可贵的日子,
我的生命
也像你们的生命
一样的憔悴呀

雪落在中国的土地上,
寒冷在封锁着中国呀……

沿着雪夜的河流,
一盏小油灯在徐缓地移行,
那破烂的乌篷船里
映着灯光,垂着头
坐着的是谁呀?

——啊,你
蓬发垢面的少妇,
是不是
你的家
——那幸福与温暖的巢穴——
已被暴戾的敌人

烧毁了么？
是不是
也像这样的夜间，
失去了男人的保护，
在死亡的恐怖里
你已经受尽敌人刺刀的戏弄？

咳，就在如此寒冷的今夜，
无数的
我们的年老的母亲，
都蜷伏在不是自己的家里，
就像异邦人
不知明天的车轮
要滚上怎样的路程……
——而且
中国的路
是如此的崎岖
是如此的泥泞呀。

雪落在中国的土地上，
寒冷在封锁着中国呀……

透过雪夜的草原
那些被烽火所啮啃着的地域，
无数的土地的垦植者
失去了他们所饲养的家畜
失去了他们肥沃的田地
拥挤在
生活的绝望的污巷里：
饥馑的大地
朝向阴暗的天
伸出乞援的
颤抖着的两臂。

中国的苦痛与灾难
像这雪夜一样广阔而又漫长呀！

雪落在中国的土地上，
寒冷在封锁着中国呀⋯⋯

中国，
我的在没有灯光的晚上
所写的无力的诗句
能给你些许的温暖么？

1937 年 12 月 28 日夜间

## 赏　析

艾青（1910—1996），浙江省金华人。中国现代诗的代表诗人之一，主要作品有《大堰河——我的保姆》、《北方》、《向太阳》、《归来的歌》等。

这首诗写于抗日战争爆发之后，是一首倾诉"中国的苦痛与灾难"的抒情诗，是一个满怀正义和激愤之情的诗人唱出的一支深沉而激越的歌。

这首诗用现实主义的艺术手法，描绘了"雪落在中国的土地上，寒冷在封锁着中国呀"的严酷现实。当时，由于帝国主义的侵略和反动统治阶级的压榨，中国人民面临灾荒和饥馑，备受欺凌和屈辱。诗中所刻画的"刻满了痛苦的皱纹的脸"的农人形象，是当时中国现实的缩影和写照。诗人对灾难深重的祖国和饥寒交迫的人民表示了深切的同情，并发出了沉痛的呐喊和表达了抗争的愿望。诗的主题有深刻的现实意义。

构思严谨，形象感人，也是这首诗的艺术特点之一。"雪落在中国的土地上，寒冷在封锁着中国呀⋯⋯"这两句诗独立成段，反复出现四次，起了"诗眼"和强化主题的作用；同时，由于反复咏唱这两句诗，就能把开阔的思路和丰富的内容组成有机的艺术整体，诗写得严谨完整，节奏强烈而鲜明。诗中描绘了"悲哀的老妇"、"赶着马车的农夫"、"蓬发垢面的少妇"、"年老的母亲"等形象，营造了一种深沉忧郁的情调，引发读者心灵的震颤，从而增强了诗的艺术感染力。

# 六十三　乡　愁

余光中

小时候
乡愁是一枚小小的邮票
我在这头
母亲在那头

长大后
乡愁是一张窄窄的船票
我在这头
新娘在那头

后来呵
乡愁是一方矮矮的坟墓
我在外头
母亲呵在里头

而现在
乡愁是一湾浅浅的海峡
我在这头
大陆在那头

## 赏　析

余光中，1928 年生，祖籍福建永春，台湾当代著名诗人、散文家。著有诗集《舟子的悲歌》、《蓝色的羽毛》、《钟乳石》、《万圣节》、《白玉·苦瓜》等，散文集有《左手的缪思》、《听听那冷雨》等。

《乡愁》全诗共分四节，短小精悍，诗中充溢的是绵绵不绝的乡愁。诗人借助一连串的意象，使本来抽象的乡愁具体、可感，也使诗人情有可依，达到托物寄情的效果，淋漓尽致地表现了心中难以排遣的愁绪。用"邮票"来表达对母亲的思念，用"船票"来表达对新婚妻子的想念，用"坟墓"来表达对母亲的怀念，用"海峡"来表达对祖国的眷恋。这几组意象构成了乡愁的丰富内涵，使乡愁有了更明确的寄托——由故乡之思升华到祖国之恋。这首诗清新隽永，技巧炉火纯青。

在我们的生活中，许多人为了求学，为了生存，不得不背井离乡，离开父母和亲人独自漂泊。每当夜深人静时，每当病痛折磨时，每当人生失意时，游子们不免会陷入那深深的乡愁中，而乡愁应该是我们奋发图强的动力。

## 六十四　桂林山水歌

贺敬之

云中的神呵，雾中的仙，
神姿仙态桂林的山！

情一样深呵，梦一样美，
如情似梦漓江的水！

水几重呵，山几重？
水绕山环桂林城……

是山城呵，是水城？
都在青山绿水中……

呵！此山此水入胸怀，
此时此身何处来？

……黄河的浪涛塞外的风，
此来关山千万重。

马鞍上梦见沙盘上画：
"桂林山水甲天下"……

呵！是梦境呵，是仙境？
此时身在独秀峰①！

心是醉呵，还是醒？
水迎山接入画屏！

画中画——漓江②照我身千影，
歌中歌——山山应我响回声……

招手相问老人山③，

云罩江山几万年？

——伏波山下还珠洞④，
宝珠久等叩门声……

鸡笼山⑤一唱屏风⑥开，
绿水白帆红旗来！

大地的愁容春雨洗，
请看穿山⑦明镜里——

呵！桂林的山来漓江的水——
祖国的笑容这样美！

桂林山水入胸襟，
此景此情战士的心——

是诗情呵，是爱情，
都在漓江春水中！

三花酒搀一分漓江水，
祖国呵，对你的爱情百年醉……

江山多娇人多情，
使我白发永不生！

对此江山人自豪，
使我青春永不老！

七星岩⑧去赴神仙会，
招呼刘三姐呵打从天上回……

人间天上大路开，
要唱新歌随我来！

三姐的山歌十万八千箩，
战士呵，指点江山唱祖国……

红旗万梭织锦绣，
海北天南一望收！

塞外的风沙呵黄河的浪，
春光万里到故乡。

红旗下：少年英雄遍地生——
望不尽：千姿百态"独秀峰"！

——意满怀呵，才满胸，
恰似漓江春水浓！

呵！汗雨挥洒彩笔画——
桂林山水——满天下！……

1959 年 7 月旧稿
1961 年 8 月整理于北戴河

## 【注　释】

①独秀峰：位于桂林市中心，孤峰挺秀，拔地而起。

②漓江：从广西东北方向流经桂林市区，又往西南流到阳朔，江水清澈见底。

③⑤⑥老人山、鸡笼山、屏风（山），均因形状得名。

④还珠洞：相传小渔人潜入龙宫，得了龙珠。县官知悉，要抢龙珠。龙王失珠，勃然大怒，誓要水淹桂林城，夺回龙珠。渔夫嘱小渔人将龙珠掷还江中，波浪平息，山城免被水淹。县官不得龙珠，喝令刽子手杀害渔夫父子，正要动刀之时，忽然天昏地暗，浪涛涌进岩洞，县官和他的狗腿子都被卷进江里喂鱼。为纪念正直的渔夫父子，人们称此洞为还珠洞，本诗借用了这个龙王"谢情还珠"的神话。

⑦穿山：在桂林市东南郊，峰顶有巨大圆形洞口，相传系伏波将军利箭所射，"洞穿露天，状似明镜高悬。"

⑧七星岩：位于桂林市东郊，相传歌仙刘三姐在此赛歌，后化石成仙。

## 赏 析

　　贺敬之，1924 年生，山东峄县人，我国当代著名诗人。主要代表作品有歌剧《白毛女》，抒情诗《回延安》、《雷锋之歌》等。他的诗歌善于表现重大题材，具有雄浑豪放的气势、强烈的时代精神和火一样的激情，并且脍炙人口，广为流传。

　　这是一首以陕北民歌"信天游"形式作的桂林山水抒情诗。它通过描绘桂林山水的美景，歌颂祖国山河的壮丽，抒发了革命战士对祖国的深厚感情。它既是一首优美的风景诗，又是一曲深情的祖国颂。

　　全诗共二十八节、五十六行，按其思想感情的发展，可分为四层意思：第一层，从第一节至第四节，描绘桂林山水美的总貌；第二层，从第五节至第十节，写诗人"此时身在独秀峰"，创造了是"梦境"还是"仙境"的美妙境界，抒发了革命者投入桂林山水怀抱的革命感情；第三层，从第十一节至第二十三节，从今天桂林山水之如此多娇，看到"祖国的笑容这样美"，抒发了革命战士无比炽热的爱国之情，加深了诗的思想内容；第四层，最后五节，赞颂祖国无限美好的未来，用"桂林山水——满天下！……"作结，使诗的意境进一步扩展，诗的主题进一步升华。

　　这首诗在艺术技巧上有自己的特点：一是诗人用画家的画笔，蘸着浓墨重彩，点染桂林山水，创造了一种扑朔迷离的意境，把读者带到了一个美丽神奇的世界，看见那像是云雾中神仙的千姿百态的桂林石山，看到那深情似梦的清澈见底的漓江水。诗人描绘桂林山水，妙笔生花，有声有色，美不胜收。诗人把美丽的"梦境"、神奇的"仙境"和美好的现实融汇在一起，使读者犹如置身于美如画屏的艺术境界，受到美的熏陶。二是触景生情，情景交融，让浓郁的感情渗透在对自然美景的描绘之中。"呵，桂林的山来漓江的水——祖国的笑容这样美！"、"桂林山水入胸襟，此景此情战士的心——"、"是诗情呵，是爱情，都在漓江春水中！"这些诗句，有景有情，绘景抒情，情景相生，淋漓尽致地抒发了革命战士对祖国的深厚感情，使读者心灵深处产生强烈的共鸣。

# 六十五　《青春万岁》序诗

### 王　蒙

所有的日子，所有的日子都来吧，
让我编织你们，用青春的金线，
和幸福的璎珞，编织你们。

有那小船上的歌笑，月下校园的欢舞，
细雨蒙蒙里踏青，初雪的早晨行军，
还有热烈的争论，跃动的、温暖的心……

是转眼过去了的日子，也是充满遐想的日子，
纷纷的心愿迷离，像春天的雨，
我们有时间，有力量，有燃烧的信念，
我们渴望生活，渴望在天上飞。

是单纯的日子，也是多变的日子，
浩大的世界，样样叫我们好惊奇，
从来都兴高采烈，从来不淡漠，
眼泪，欢笑，深思，全是第一次。

所有的日子都去吧，都去吧，
在生活中我快乐地向前，
多沉重的担子我不会发软，
多严峻的战斗我不会丢脸；
有一天，擦完了枪，擦完了机器，擦完了汗，
我想念你们，招呼你们，
并且怀着骄傲，注视你们。

## 赏析

　　王蒙，1934年生，北京人，中国当代著名作家，著有长篇小说《青春万岁》等，有多篇小说和报告文学获奖，作品被译成英、俄、日等多种文字在国外出版。

　　长篇小说《青春万岁》为王蒙19岁时所作，是其进入文坛的代表作品。它集理想主义、浪漫主义、英雄主义于一身，描写了20世纪50年代初期，一群天真烂漫的北京中学生的生活，是作者及其同时代人人生岁月中最难忘的故事。这首《青春万岁》序诗以其鲜明的意象、饱满的热情、燃烧的信念、乐观豪迈的精神和对未来的坚定信念，写出了无数青年纯真、热烈的心声，唱出了那个时代的青春之歌。诗人借助小船上的欢笑、月光下的歌舞、细雨中的踏青、晨雪里的行军、热烈的争论等场景，表现了建国初期青年人饱满的、燃烧的、沸腾的精神状态。这首诗表现了诗人对生活的无比热爱和对人生的无限憧憬，全诗节奏明快、旋律优美、语言豪迈。

　　在那个激情燃烧的火热年代，朝气蓬勃、奋发向上是主旋律，整首诗语调始终是高昂、欢快的，青年人虽偶有一丝彷徨与迷茫，但那也是生命的历练和洗礼。对当代的青年学生来说，虽然时代背景、人生经历早已有诸多不同，但无论你是聪明开朗的、骄傲自信的，还是沉静内向、忧郁自卑的，只要你去热爱、去奋斗，青春将是一生受用不尽的无价之宝。只要心灵不老，我们都将永远年轻，青春永驻！

## 六十六　青春（之一）

席慕蓉

所有的结局都已写好
所有的泪水也都已启程
却忽然忘了是怎么样的一个开始
在那个古老的不再回来的夏日

无论我如何地去追索
年轻的你只如云影掠过
而你微笑的面容极浅极淡
逐渐隐没在日落后的群岚

遂翻开那发黄的扉页
命运将它装订得极为拙劣
含着泪，我一读再读
却不得不承认
青春是一本太仓促的书

## 赏 析

　　席慕蓉，1943 年生，中国当代著名诗人、散文家、画家，祖籍内蒙古，生于四川，幼年在香港度过，成长于台湾。著有《七里香》、《无怨的青春》、《时光九篇》、《迷途诗册》等诗集，其新诗写作风格温柔、清新。

　　人生有四季，青春散发着春与夏的气息，春天是四季中最有生气的季节，而夏日则最具活力四射的魅力。诗人将青春比喻成"书"，此种比喻尚属少见，实为匠心独运。诗人将书赋予了"匆匆走过的青春"这一诗意化的内涵，意味独特而隽永。另外，用"云影掠过"、"面容浅淡"、"日落群岚"等诗句，描绘青春之匆促、模糊、似有似无，这种对于青春的沧海桑田式的体悟，让人顿生"事如春梦了无痕"之叹。而那被命运的车轮辗得枯黄的拙劣一页，更让人感到青春的匆促、生命的无奈，同时给予人的心灵一种慰藉与震撼。

　　"莫等闲，白了少年头，空悲切"，"青春须早为，岂能长少年"，青春若一走，再不复返，不要让青春在空虚的日子里悄悄逝去，也不要让它在迷茫与困惑中被剥夺。青少年应趁着年轻，不要犹豫，不要彷徨，勇敢地向前走，去探索、拼搏、奋斗！在蓝天下谱写生命的律动、青春的乐章，让青春无悔！

## 六十七　旅　行

汪国真

凡是遥远的地方
对我们都有一种诱惑
不是诱惑于美丽
就是诱惑于传说

即使远方的风景
并不尽如人意
我们也无需在乎

因为这实在是一个
迷人的错误

仰首是春　俯首是秋
愿所有的幸福都追随着你
月圆是画　月缺是诗

## 赏　析

　　汪国真，1956 年生，祖籍福建厦门，出生于北京，20 世纪 90 年代是中国大陆著名的"青春诗人"，出版过《年轻的潮》、《年轻的思绪》等多部作品。1990 年"汪国真"三个字红遍大江南北。

　　这首诗以"仰首是春"、"俯首是秋"、"月圆是画"、"月缺是诗"四个肯定的回答表达出"为何要热爱生命"的道理，通过明白晓畅的语言，告诉青年人应有一种超然、豁达、平和、恬淡的人生态度。人生就是生命的一次旅行，不管春夏秋冬，不管阴晴圆缺，只要生命没有停息，你都在旅行途中。也许找遍天涯也未寻到那迷人的风景，也许走完了一生才发现这不过是一个童话。然而，这不重要，重要的是你走在路上了，重要的是你路途上尝到的酸甜苦辣，是你旅程中看到的雪月风花。结局固然重要，过程亦不可忽略。只要你热爱生活，只要你认真对待每一个人，认真做好每一件事，你的人生就是美丽的！诗人以其平淡真诚而富有哲理的笔调，充分表达了对生活的深刻领悟，不仅蕴含人生哲理，而且极具艺术魅力。

# 六十八　错　误

郑愁予

我打江南走过
那留在季节里的容颜如莲花的开落

东风不来，三月的柳絮不飞
你的心如小小的寂寞的城
恰若青石的街道向晚
跫音不响，三月的春帷不揭
你的心是小小的窗扉紧掩

我达达的马蹄是美丽的错误
我不是归人，是个过客……

**赏 析**

郑愁予，1933 年生，现代诗人。原名郑文滔，河南人，1949 年去台湾。他思维敏捷，善于融合古今文化、汲取国内外经验进行创作。他的诗作以优美、潇洒、富有抒情韵味著称，意象多变，温柔华美，自成风格。

这个九行小诗共分三节。

第一节诗中有两层意思：一是暗示"我"与她分别的时间之长，二是说她的容颜在等待中憔悴。

第二节五行诗全写"我"对她的想象，不禁让我们想起宋代柳永的《八声甘州》："想佳人、妆楼颙望，误几回、天际识归舟。"由此也可见郑诗的古典韵味。

第三节诗人把两个意义悬殊的词"美丽"与"错误"组合在一起，真可谓妙笔生花。全诗情意缠绵，意境凄婉，语言蕴藉，韵味悠长。

这首诗在台湾被誉为"现代抒情诗的绝唱"，"愁予风"之所以能长盛不衰，这首诗功不可没。

## 六十九　致橡树

舒　婷

我如果爱你——
绝不像攀援的凌霄花，
借你的高枝炫耀自己；
我如果爱你——
绝不学痴情的鸟儿，
为绿荫重复单纯的歌曲；
也不止像泉源，
常年送来清凉的慰藉；
也不止像险峰，
增加你的高度，衬托你的威仪。
甚至日光。
甚至春雨。
不，这些都还不够！
我必须是你近旁的一株木棉，
作为树的形象和你站在一起。
根，紧握在地下，
叶，相触在云里。
每一阵风过，
我们都互相致意，
但没有人

听懂我们的言语。
你有你的铜枝铁杆
像刀，像剑，
也像戟；
我有我红硕的花朵，
像沉重的叹息，
又像英勇的火炬。
我们分担寒潮、风雷、霹雳，
我们共享雾霭、流岚、虹霓；
仿佛永远分离，
却又终身相依。

这才是伟大的爱情，
坚贞就在这里：
爱——
不仅爱你伟岸的身躯，
也爱你坚持的位置，足下的土地。

1977 年 3 月 27 日

## 赏　析

舒婷，1952 年生，中国当代女诗人，福建泉州人。其作品兴起于 20 世纪 70 年代末，她和同代人北岛、顾城、梁小斌等人的诗以迥异于前人的诗风，在中国诗坛上掀起了一股"朦胧诗"大潮，舒婷亦是朦胧诗派的代表人物。主要著作有诗集《双桅船》、《会唱歌的鸢尾花》、《始祖鸟》，散文集《心烟》等。

舒婷诗歌具有女性的细腻和敏感，有对爱的细腻感受，以及对人生苦难的体悟，充盈着浪漫主义和理想色彩。她诗中表达的对祖国、对人生、对爱情、对土地的爱，既温馨平和又饱含激情。她擅长运用比喻、象征、联想等艺术手法表达内心感受，作品在朦胧的氛围中流露出理性的思考，朦胧而不晦涩，是浪漫主义和现实主义风格相结合的产物。

《致橡树》热情地歌颂了比肩而立、各自以独立的姿态深情相对的橡树和木棉，这是我国爱情诗中一组品格崭新的象征形象。橡树的形象象征着刚硬的男性之美，而有着"红硕的花朵"的木棉体现着一种新型的女性人格，她脱弃了旧式女性纤柔、依附的秉性，而充溢着丰富、刚健的气息，这正是诗人所歌咏的女性独立自主的理想人格。两棵坚毅的树，两个相守的生命，两颗高尚的心，他们

共同分担困难和挫折；同样，他们共享人生的灿烂。这首诗完美地体现了富有人文精神的现代爱情观：真诚、高尚的互爱应以不舍弃各自独立的位置与人格为前提。这是新时代的人们在爱情观上对前辈的大跨度的超越。这种新观点，由向来处于攀附地位的女性提出，更显难能可贵。

《致橡树》是舒婷的一首优美、深沉的抒情诗，可以说是朦胧诗的代表之作。它所描绘的爱情，不仅是纯真的、炙热的，而且是高尚的、伟大的。它像一支古老而又清新的歌曲，拨动着人们的心弦，更为一代代的年轻人树立起了积极向上的、不舍弃独立人格的爱情观。

# 七十　脸与法治

林语堂

中国人的脸，不但可以洗，可以刮，并且可以丢，可以赏，可以争，可以留，有时好像争脸是人生的第一要义，甚至倾家荡产而为之，也不为过。在好的方面讲，这就是中国人之平等主义，无论何人总须替对方留一点脸面，莫为己甚。这虽然有几分知道天道还好，带点聪明的用意，到底是一种和平忠厚的精神。在不好的方面，就是脸太不平等，或有或无，有脸者固然快乐荣耀，可以超脱法律，特蒙优待，而无脸者则未免要处处感觉政府之威信与法律之尊严。所以据我们观察，中国若要真正平等法治，不如大家丢脸。脸一丢，法治自会实现，中国自会富强。譬如坐汽车，按照市章，常人只许开到三十五哩速度，部长贵人便须开到五十、六十哩，才算有脸，万一轧死人，巡警走上来，贵人腰包掏出一张名片，优游而去，这时的脸便更涨大。倘是巡警不识好歹，硬不放走，贵人开口一骂"不识你的老子"，喝叫车夫开行，于是脸更涨大。若有真傻的巡警，动手把车夫扣留，贵人愤愤回去，电话一打给警察局长，半小时内车夫即刻放回，巡警即刻免职，局长亲来诣府道歉，这时贵人的脸，真大的不可形容了。

不过我有时觉得与有脸的人同车同舟同飞艇，颇有危险，不如与无脸的人同车同舟方便。比如前年就有丘八的脸太大，不听船中买办吩咐，一定要享在满载硫磺之厢房抽烟之荣耀。买办怕丘八问他，识得不识得"你的老子"，便就屈服，将脸赏给丘八。结果，这只长江轮船便付之一炬，丘八固然保全其脸面，却不能保全其焦烂之尸身。又如某年上海市长坐飞机，也是脸面太大，硬要载运磅量过重之行李。机师"碍"于市长之"脸面"，也赏给他。由是飞机开行，不大肯平稳而上。市长又要给送行的人看看他的大脸，叫飞机在空中旋转几周，再行进京。不幸飞机一歪一斜，一颠一簸，碰着船桅而跌下。听说结果市长保全一副脸，却失了一条腿。我想凡我国以为脸面足为乘飞机行李过重的抵保的同胞，都应该断腿失足而认为是上天特别赏脸的侥幸。

其实与有脸的贵人同国，也一样如与他们同车同舟的危险，时觉有倾覆或沉没之虞。我国人得脸的方法很多。在不许吐痰之车上吐痰，在"勿走草地"

之草地走走，用海军军舰运鸦片，被禁烟局长请大烟，都有相当的荣耀。但是这种到底不是有益社会的东西，简直可以不要。我国平民本来就没有什么脸可讲，还是请贵人自动丢丢罢，以促法治之实现，而跻国家于太平。

## 赏析

　　林语堂（1895—1976），福建龙溪人，中国当代著名学者、文学家、语言学家，早年曾留学国外，回国后在北京大学等著名大学任教，主要著作有《剪拂集》、《我的话》、《苏东坡传》等。

　　中国传统文化的内涵是丰富的，同时也是凝重的。作为中国人，要对本民族的心态做出彻底的剖析与反思，更加需要足够的勇气。20世纪二三十年代，西学东渐，一批熟悉西方文化同时又深谙中华传统的学者开始对中国传统文化进行反思。早在《中国人》一书中，以"两脚踏东西文化，一心评宇宙文章"为座右铭的林语堂先生就对国人的痼疾做出过尖锐的批评。《脸与法治》一文，篇幅短小却入木三分，语言幽默而不失庄重，机智而悠闲，冷静而洒脱，反映作者对现实弊端和国人痼疾的嘲弄与讽刺，表达作者促进法治的主张。

　　破坏法治，国家就不会太平，以法治国，国家自会富强。这篇林语堂先生的小品文《脸与法治》，对于现代人同样有借鉴意义。

# 七十一　拿来主义

鲁　迅

　　中国一向是所谓"闭关主义"，自己不去，别人也不许来，自从给枪炮打破了大门之后，又碰了一串钉子，到现在，成了什么都是"送去主义"了，别的且不说罢，单是学艺上的东西，近来就先送一批古董到巴黎去展览，但终"不知后事如何"；还有几位"大师"们捧着几张古画和新画，在欧洲各国一路的挂过去，叫做"发扬国光"。听说不远还要送梅兰芳博士到苏联去，以催进"象征主义"[①]，此后是顺便到欧洲传道。我在这里不想讨论梅博士演艺和象征主义的关系，总之，活人替代了古董，我敢说，也可以算得显出一点进步了。

　　但我们没有人根据了"礼尚往来"的仪节，说道：拿来！

鲁　迅

当然，能够只是送出去，也不算坏事情，一者见得丰富，二者见得大度。尼采②就自诩过他是太阳、光热无穷。只是给与，不想取得。然而尼采究竟不是太阳，他发了疯。中国也不是，虽然有人说，掘起地下的煤来，就足够全世界几百年之用。但是，几百年之后呢？几百年之后，我们当然是化为魂灵，或上天堂，或落了地狱，但我们的子孙是在的，所以还应该给他们留下一点礼品。要不然，则当佳节大典之际，他们拿不出东西来，只好磕头贺喜，讨一点残羹冷炙做奖赏。

这种奖赏，不要误解为"抛来"的东西，这是"抛给"的，说得冠冕些，可以称之为"送来"，我在这里不想举出实例③。

我在这里也并不想对于"送去"再说什么，否则太不"摩登"了。我只想鼓吹我们再吝啬一点，"送去"之外，还得"拿来"，是为"拿来主义"。

但我们被"送来"的东西吓怕了。先有英国的鸦片，德国的废枪炮，后有法国的香粉，美国的电影，日本的印着"完全国货"的各种小东西。于是连清醒的青年们，也对于洋货发生了恐怖。其实，这正是因为那是"送来"的，而不是"拿来"的缘故。

所以我们要运用脑髓，放出眼光，自己来拿！

譬如罢，我们之中的一个穷青年，因为祖上的阴功（姑且让我这么说说罢），得了一所大宅子，且不问他是骗来的，抢来的，或合法继承的，或是做了女婿换来的④。那么，怎么办呢？我想，首先是不管三七二十一，"拿来"！但是，如果反对这宅子的旧主人，怕给他的东西染污了，徘徊不敢走进门，是孱头；勃然大怒，放一把火烧光，算是保存自己的清白，则是昏蛋。不过因为原是羡慕这宅子的旧主人的，而这回接受一切，欣欣然地蹩进卧室，大吸剩下的鸦片，那当然更是废物。"拿来主义"者是全不这样的。

他占有，挑选。看见鱼翅，并不就抛在路上以显其"平民化"，只要有养料，也和朋友们像萝卜白菜一样的吃掉，只不用它来宴大宾；看见鸦片，也不当众摔在茅厕里，以见其彻底革命，只送到药房里，以供治病之用，却不弄"出售存膏，售完即止"的玄虚。只有烟枪和烟灯，虽然形式和印度，波斯⑤，阿剌伯的烟具都不同，确可以算是一种国粹，倘使背着周游世界，一定会有人看，但我想，除了送一点进博物馆之外，其余的是大可以毁掉的了。还有一群姨太太，也大可以请她们各自走散为是，要不然，"拿来主义"怕未免有些危机。

总之，我们要拿来。我们要或使用，或存放，或毁灭。那么，主人是新主人，宅子也就会成为新宅子。然而首先要这人沉着，勇猛，有辨别，不自私。没有拿来的，人不能自成为新人，没有拿来的，文艺不能自成为新文艺。

## 【注　释】

①象征主义：19 世纪末叶在法国兴起的文学思潮和流派。

②尼采（1844—1900）：德国哲学家，唯意志论和生命哲学主要代表之一，提倡超人哲学。他的理论被德国法西斯主义利用为理论根据。他本人狂妄地以"太阳"自命，后发疯而死。

③我在这里不想举出实例：暗指按

1933 年国民党政府与美国签订的"棉麦借款"协定运来的剩余的棉麦，实际上是美国为转嫁经济危机向中国输送过剩农产品，导致该年中国棉农损失奇重。

④做了女婿换来的：这里是讽刺做了富翁的女婿而炫耀于人的邵洵美之流。

⑤波斯：伊朗的旧名。

## 赏　析

鲁迅（1881—1936），原名周树人，字豫才，浙江绍兴人。中国伟大的无产阶级文学家、思想家和革命家，"横眉冷对千夫指，俯首甘为孺子牛"是他一生的写照，鲁迅精神被誉为"民族魂"。代表作有小说集《呐喊》、散文集《朝花夕拾》等。

《拿来主义》写于 1934 年 6 月 4 日。"九一八"事变之后，各帝国主义国家不断向中国输入鸦片、枪炮、电影及各种小东西，进行经济、文化侵略。国人在这种前所未有的攻势面前惊慌失措，对西方的东西要么全盘接受，要么盲目排斥，要么消极逃避。鲁迅先生适时提出"拿来主义"，阐明了正确对待中外文化遗产的态度：吸其精华，去其糟粕，综合创新，为我所用。本文对当时混乱的思潮有拨乱反正的作用。

运用人们熟悉的事物来阐明抽象的道理是本文论证说理的一大特色。如用"孱头"、"昏蛋"、"废物"来批判三种对待中外文化遗产的错误观点和态度，使人一读就懂，为之折服。

本文是一篇政论性极强的杂文，语言犀利，讽刺性强。嬉笑怒骂，皆成文章；亦庄亦谐，耐人寻味。全文篇幅适中，句句切中要害，体现出鲁迅先生具穿透力的敏锐思维和驾驭语言的高超能力。另外，口语化的语言表述也给人一种亲近感，增强了文章的说服力。

立足于当代中国，我们仍要积极奉行"拿来主义"，无论是古代的遗产，还是国外的舶来品，只要对我们有益的，便应该主动选择大胆拿来，而且要有所创新，有所作为，并且逐步提升自身原创的能力，才能具备实行"送去主义"的实力，为世界作出越来越大的贡献。

## 七十二　差不多先生传
胡　适

你知道中国最有名的人是谁？

提起此人，人人皆晓，处处闻名。他姓差，名不多，是各省各县各村人氏。你一定见过他，一定听过别人谈起他。差不多先生的名字天天挂在大家的口头，因为他是中国全国人的代表。

差不多先生的相貌和你和我都差不多。他有一双眼睛，但看的不很清楚；有两只耳朵，但听的不很分明；有鼻子和嘴，但他对于气味和口味都不很讲究。

他的脑子也不小，但他的记性却不很精明，他的思想也不很细密。

他常常说："凡事只要差不多，就好了。何必太精明呢？"

他小的时候，他妈叫他去买红糖，他买了白糖回来。他妈骂他，他摇摇头说："红糖白糖不是差不多吗？"

他在学堂的时候，先生问他："直隶①省的西边是哪一省？"他说是陕西。先生说，"错了。是山西，不是陕西。"他说："陕西同山西，不是差不多吗？"

后来他在一个钱铺里做伙计；他也会写，也会算，只是总不会精细。十字常常写成千字，千字常常写成十字。掌柜的生气了，常常骂他。他只是笑嘻嘻地赔小心道："千字比十字只多一小撇，不是差不多吗？"

有一天，他为了一件要紧的事，要搭火车到上海去。他从从容容地走到火车站，迟了两分钟，火车已开走了。他白瞪着眼，望着远远的火车上的煤烟，摇摇头道："只好明天再走了，今天走同明天走，也还差不多。可是火车公司未免太认真了。八点三十分开，同八点三十二分开，不是差不多吗？"

他一面说，一面慢慢地走回家，心里总不明白为什么火车不肯等他两分钟。

有一天，他忽然得了急病，赶快叫家人去请东街的汪医生。那家人急急忙忙地跑去，一时寻不着东街的汪大夫，却把西街牛医王大夫请来了。差不多先生病在床上，知道寻错了人；但病急了，身上痛苦，心里焦急，等不得了，心里想道："好在王大夫同汪大夫也差不多，让他试试看罢。"于是这位牛医王大夫走近床前，用医牛的法子给差不多先生治病。不上一点钟，差不多先生就一命呜呼了。

差不多先生差不多要死的时候，一口气断断续续地说道："活人同死人也差……差……差不多，……凡事只要……差……差……不多……就……好了，……何……何……必……太……太认真呢？"他说完了这句话，方才绝气了。

他死后，大家都很称赞差不多先生样样事情看得破，想得通；大家都说他一生不肯认真，不肯算账，不肯计较，真是一位有德行的人。于是大家给他取个死后的法号，叫他做圆通大师。

他的名誉越传越远，越久越大。无数无数的人都学他的榜样。于是人人都成了一个差不多先生。——然而中国从此就成为一个懒人国了。

**【注　释】**

①直隶：旧省名。

## 赏析

胡适（1891—1962），中国著名学者。

《差不多先生传》是胡适的一篇寓言体杂文。胡适是"五四"时期新文化运动的著名人物，积极主张文学改革，提倡写白话文，并身体力行。这篇富有哲理性、讽刺性的杂文，塑造了一个至死不悟的"差不多先生"形象。作者痛感于"凡事只要差不多就好了"的国民思想，他写本文的目的正是为了揭露国人普遍存在的某些病态，警策国人，唤起人们去疗救。

全文短小精悍，言简意赅。写"差不多先生"的人，突出其视觉、听觉、嗅觉、味觉之不聪，记性、思想之不敏；写其语言，"不是差不多吗？"这句话贯穿一生；写其生平，按小时候、在学堂时、做伙计时、办要紧事时、得急病时、差不多要死时的顺序，层层写来，条理清晰。

语言通俗流畅，幽默诙谐是本文另一特色。通俗并不等于平淡无味，文章运用了反复、夸张等修辞手法，如"不是差不多吗"在文中四次反复出现，加强了语势，突出了人物性格。又如"红糖白糖不是差不多吗？"、"陕西同山西，不是差不多吗？"直至"活人同死人也差不多"这些夸张的语言，不仅充分表达了文章的讽刺性，而且越夸张越令人感到真实可信。至于语言的幽默，如用"一命呜呼"形容差不多先生的死，给"差不多先生"死后取了个"圆通大师"的法号等等，语言亦庄亦谐，幽默中给人以深思。

其实"差不多先生"这一顽固不化的典型形象已突破了个人的范畴，他正是"中国全国人的代表"。要彻底根治国人共有的某些劣根性，如懒、不认真和不负责，必须唤起民众共同奋斗。正如鲁迅先生怀着"哀其不幸，怒其不争"的心情塑造的"阿Q"一样，胡适笔下的"差不多先生"是成功塑造的又一个中国人典型形象。

# 七十三　谈友谊

### 梁实秋

朋友居五伦之末，其实朋友是极重要的一伦。所谓友谊实即人与人之间的一种良好关系，其中包括了解、欣赏、信任、容忍、牺牲……诸多美德。如果以友谊作基础，则其他的各种关系如父子夫妇兄弟之类均可圆满地建立起来。当然父子兄弟是无可选择的永久关系，夫妇虽有选择余地，但一经结合便以不再仳离为原则，而朋友则是有聚有散可合可分的。不过，说穿了，父子夫妇兄弟都是朋友关系，不过形式性质稍有不同罢了。严格地讲，凡是充分具备一个好朋友的人，他一定也是一个好父亲、好儿子、好丈夫、好妻子、好哥哥、好弟弟。反过来亦然。

我们的古圣先贤对于交友一端是甚为注重的。《论语》里面关于交友的话很多。在西方亦是如此。罗马的西塞罗有一篇著名的《论友谊》。法国的蒙田、英国的培根、美国的爱默生，都有论友谊的文章。我觉得近代的作家在这个题目上似乎不大肯费笔墨了。这是不是叔季之世友谊没落的象征呢？我不敢说。

古之所谓"刎颈交"，陈义过高，非常人所能企及。如 Damon 与 Pythias，David 与 Jonathan，怕也只是传说中的美谈吧。就是把友谊的标准降低一些，真正能称得起朋友的还是很难得。试想一想，如有银钱经手的事，你信得过的朋友能有几人？在你蹭蹬失意或疾病患难之中还肯登门拜访乃至雪中送炭的朋友又有几人？你出门在外之际对于你的妻室弱媳肯加照顾而又不照顾得太多者又有几人？再退一步，平素投桃报李，莫逆于心，能维持长久于不坠者，又有几人？总角之交，如无特别利害关系以为维系，恐怕很难在若干年后不变成为路人。富兰克林说："有三个朋友是最忠实可靠的——老妻、老狗和现款。"妙的是这三个朋友都不是朋友。倒是亚里斯多德的一句话最干脆："我的朋友们啊！世界上根本没有朋友。"这句话近于愤世嫉俗，事实上世界上还是有朋友的，不过虽然无需打着灯笼去找，却是像沙里淘金而且还需要长时间地洗炼。一旦真铸成了友谊，便会金石同坚，永不退转。

大抵物以类聚，人以群分。臭味相投，方能永以为好。交朋友也讲究门当户对，纵不像九品中正那么严格，也自然有个界线。"同学少年多不贱，五陵裘马自轻肥"，于"自轻肥"之余还能对着往日的旧游而不把眼睛移到眉毛上边去么？汉光武容许严子陵把他的大腿压在自己的肚子上，固然是雅量可风，但是严子陵之毅然决然地归隐于富春山，则尤为知趣。朱洪武写信给他的一位朋友说："朱元璋作了皇帝，朱元璋还是朱元璋……"话自管说得很漂亮，看看他后来之诛戮功臣，也就不免令人心悸。人的身心构造原是一样的，但是一入宦途，可能发生突变。孔子说，无友不如己者。我想一来只是指品学而言，二来只是说不要结交比自己坏的，并没有说一定要我们去高攀。友谊需要两造，假如双方都想结交比自己好的，那就永远交不起来。

好像是王尔德说过，"一个男人与一个女人之间是不可能有友谊存在的。"就一般而论，这话是对的，因为如有深厚的友谊，那友谊容易变质，如果不是心心相印，那又算不得是友谊。过犹不及，那分际是很难把握的。忘年交倒是可能的。弥衡年未二十，孔融年已五十，便相交友，这样的例子史不绝书。但似乎以同性为限。并且以我所知，忘年交之形成固有赖于兴趣之相近与互相之器赏，但年长的一方面多少需要保持一点童心，年幼的一方面多少需要显着几分老成。老气横秋则令人望而生畏，轻薄僄佻则人且避之若浼。单身的人容易交朋友，因为他的情感无所寄托，漂泊流离之中最需要一个一倾积愫的对象，可是等他有红袖添香稚子候门的时候，心境就不同了。

"君子之交淡若水"，因为淡所以不腻，才能持久。"与朋友交，久而敬之"。敬就是保持距离，也就是防止过分的亲昵。不过"狎而敬之"是很难的。最要注意的是，友谊不可透支，总要保留几分。Mark Twain 说："神圣的友谊之情，其性质是如此的甜蜜、稳定、忠实、持久。可以终身不渝，如果不开口向你借钱。"这真是慨而言之。朋友本有通财之谊，但这是何等微妙的一件事！世上最难忘的事是借出去的钱，一般人认为最倒霉的事莫过于还钱。一牵涉到钱，恩怨便很难清算得清楚，多少成长中的友谊都被这阿堵物所戕害！

规劝乃是朋友中间应有之义，但是谈何容易。名利场中，沆瀣一气，自己都难以明辨是非，哪有余力规劝别人？而在对方则又良药苦口忠言逆耳，谁又愿意别人批他的逆鳞？规劝不可当着第三者的面前行之，以免伤他的颜面，不可在他情绪不宁时行之，以免逢彼之怒。孔子说"忠告而善道之，不可则止。"我总以为劝善规过是友谊的消极的作用。友谊之乐是积极的。只有神仙和野兽才喜欢孤独，人是要朋友的。"假如一个人独自升天，看见宇宙的大观，群星的美丽，他并不能感到快乐，他必要找到一个人向他述说他所见的奇景，他才能快乐。"共享快乐，比共受患难，应该是更正常的友谊中的趣味。

## 赏 析

梁实秋（1902—1987），浙江杭县（今杭州）人，生于北京。文学评论家、散文家、翻译家。主要作品有：散文集《雅舍小品》、《看云集》、《槐园梦忆》、《雅舍杂文》，译著有《莎士比亚全集》。

文章开门见山，要言不烦，直抒作者对友谊的理解。中间部分旁征博引，尽数古今中外名流雅士关于友谊的言论及轶事，从西塞罗的《论友谊》，儒家经典《论语》，汉光武之雅量可风，朱洪武之言行不一，弥衡之少年老成，孔融之老有童心，到富兰克林"老妻、老狗和现款"之妙论，使论说过程变得趣味盎然。结尾强调"共享快乐，比共受患难，应该是更正常的友谊中的趣味"，这是作者追寻人生趣味的主张和世界观的具体体现。

怎样获得真正的朋友？作者提倡"君子之交淡若水"、"与朋友交，久而敬之"。朋友应有规劝之义，但要适时适地，并要共同分享快乐。文中不少至理名言，读之令人受益匪浅，嚼之令人回味无穷！

这篇散文是文人散文与学者散文的有机结合。作者熟知中外文学和历史，学识丰富，谈古说今。本文大部分段落都以古今中外名人名言引题发挥，文笔机智，谐趣横生。褒贬之间，不时见到作者寓庄于谐的思考与哲人般的智慧闪现。本文以白话文为主，不时杂以文言词语和俚语，具有庄谐并举的艺术效果。

## 七十四　谈生命

冰　心

我不敢说生命是什么，我只能说生命像什么。生命像向东流的一江春水，他从最高处发源，冰雪是他的前身。他聚集起许多细流，合成一股有力的洪涛，向下奔注，他曲折的穿过了悬岩削壁，冲倒了层沙积土，挟卷着滚滚的沙石，快乐勇敢地流走，一路上他享受着他所遭遇的一切；有时候他遇到山岩前阻，他愤激地奔腾了起来，怒吼着，回旋着，前波后浪地起伏催逼，直到他过了冲倒了这危崖，他才心平气和地一泻千里。

有时候他经过了细细的平沙，斜阳芳草里，看见了夹岸红艳的桃花，他快乐而又羞怯，静静地流着，低低地吟唱着，轻轻地度过这一段浪漫的行程。

有时候他遇到暴风雨，这激电，这迅雷，使他心魂惊骇，疾风吹卷起他，大雨击打着他，他暂时浑浊了，扰乱了，而雨过天晴，只加给他许多新生的力量。有时候他遇到了晚霞和新月，向他照耀，向他投影，清冷中带些幽幽的温暖：这时他只想憩息，只想睡眠，而那股前进的力量，仍催逼着他向前走……

终于有一天，他远远地望见了大海，呵！他已到了行程的终结，这大海，使他屏息，使他低头，她多么辽阔，多么伟大！多么光明，又多么黑暗！大海庄严的伸出臂儿来接引他，他一声不响地流入她的怀里。他消融了，归化了，说不上快乐，也没有悲哀！

也许有一天，他再从海上蓬蓬的雨点中升起，飞向西来，再形成一道江流，再冲倒两旁的石壁，再来寻夹岸的桃花。然而我不敢说来生，也不敢信来生！

生命又像一棵小树，他从地底聚集起许多生力，在冰雪下欠伸，在早春润湿的泥土中，勇敢快乐的破壳出来。他也许长在平原上，岩石上，城墙上，只要他抬头看见了天，呵！看见了天！他便伸出嫩叶来吸收空气，承受阳光，在雨中吟唱，在风中跳舞。他也许受着大树的荫遮，也许受着大树的覆压，而他青春生长的力量，终使他穿枝拂叶的挣脱了出来，在烈日下挺立抬头！

他遇着骄奢的春天，他也许开出满树的繁花，蜂蝶围绕着他飘翔喧闹，小鸟在他枝头欣赏唱歌，他会听见黄莺清吟，杜鹃啼血，也许还听见枭鸟的怪鸣。他长到最茂盛的中年，他伸展出他如盖的浓荫，来荫庇树下的幽花芳草，他结出累累的果实，来呈现大地无尽的甜美与芳馨。秋风起了，将他叶子，由浓绿吹到绯红，秋阳下他再有一番的庄严灿烂，不是开花的骄傲，也不是结果的快乐，而是成功后的宁静和怡悦！

终于有一天，冬天的朔风，把他的黄叶干枝，卷落吹抖，他无力的在空中旋舞，在根下呻吟，大地庄严的伸出臂儿来接引他，他一声不响的落在她的怀里。他消融了，归化了，他说不上快乐，也没有悲哀！也许有一天，他再从地下的果仁中，破裂了出来。又长成一棵小树，再穿过丛莽的严遮，再来听黄莺的歌唱，然而我不敢说来生，也不敢信来生。

宇宙是一个大生命，我们是宇宙大气中之一息。江流入海，叶落归根，我们是大生命中之一叶，大生命中之一滴。在宇宙的大生命中，我们是多么卑微，多么渺小，而一滴一叶的活动生长合成了整个宇宙的进化运行。要记住：不是每一条江流都能入海，不流动的便成了死湖；不是每一粒种子都能成树，不生长的便成了空壳！生命中不是永远快乐，也不是永远痛苦，快乐和痛苦是相生相成的。好比水道要经过不同的两岸，树木要经过常变的四时。在快乐中我们要感谢生命，在痛苦中我们也要感谢生命。快乐固然兴奋，苦痛又何尝不美丽？

我曾读到一个警句，是"愿你生命中有够多的云翳，来造成一个美丽的黄昏。"世界、国家和个人的生命中的云翳，没有比今天的再多的了。

冰心（1900—1999），福建长乐人，原名谢婉莹，中国女作家、诗人。她曾把旅途和异邦的见闻写成散文寄回国内发表，结集为《寄小读者》，举世瞩目，至今仍然声誉不衰。她以冰心为笔名，是取"一片冰心在玉壶"之意。

冰心是世纪的同龄人，被称为"世纪老人"，她这篇写于中年的《谈生命》，是一篇揭示生命真谛的劝世之作。在这篇充满激情的散文中，作者把生命比作一江奔腾的春水和一棵不断成长的小树。江水一路奔腾，涌入大海，它受到挽留和阻挠，但那股前进的力量让它永不停息；青春生长的力量让小树蓬勃生长、穿枝拂叶，挺立天地之间，变幻的四时成为它生命搏击的轮回。无数生命之绚丽组成了宇宙之壮观，无数超越的痛苦支撑了生命的意义，"在快乐中我们要感谢生命，在痛苦中我们也要感谢生命"，因为在平凡的世界里经历了苦难之后，才会收获一种成功的宁静和喜悦。

文章堪称美文典范，选词优美，用语讲究，兼用多种修辞方法，语言表达出神入化。比如："他聚集起……合成……穿过……冲倒……挟卷……流走……享受着他所遭遇的一切"，这哪是水？我们看见的，是一个充满活力、朝气蓬勃的青年形象。"有时候他遇到山岩前阻，他愤激地奔腾了起来，怒吼着，回旋着，前波后浪地起伏催逼，直到他过了冲倒了这危崖，他才心平气和地一泻千里。"

这是一篇优美的抒情散文，同时又蕴涵着深刻的哲理。文中时有精当的议论，但又不是理性的直说，而是创造了景、情、理和谐相融的意境，将抽象的"生命"人格化，将生命流程物象化，抒情、议论交融，把读者引入联想和想象的艺术境界。作者通过描述对丰富多彩生活的感受，抒发了热爱生命、热爱生活的感情，并以深刻的思考，揭示了生命的辩证法：一方面肯定生命可以再生，一方面又否定生命的"轮回"说。这是一篇美文，是一篇如诗的美文。它美在意境，美在韵律，美在语言。这篇散文也是冰心人生的写照——她用文字来温暖每位读者的生命。而这样的生命之花将怒放不败！

# 七十五　"重进罗马"的精神

巴　金

去年十一月十一日以后，许多人怀着恐惧与不安离开了上海。当时有一个年轻的朋友写信给我，绝望地倾诉留在孤岛的青年的苦闷。我想起了圣徒彼得的故事。

据说罗马的尼罗王屠杀基督教徒的时候，斗兽场里充满了女人的哀号，烈火烧焦了绑在木桩上的传教者的身体，耶稣的门徒老彼得听从了信徒们的劝告，秘密地离开了罗马城。彼得在路上忽然看见了耶稣·基督的影子。他跪下去呐呐地问道："主啊，你往哪里去？"他听见了耶稣的回答："你抛弃了我的百姓，所以我到罗马去，让他们把我再一次钉在十字架上。"彼得感动地站起来。他挂着拐杖往回头的路走去。他重进了罗马城。在那里他终于给人逮住，钉死在十字架上。

绰号"黄铜胡子"的尼罗王虽然用了火与剑，用了铁钉和猛兽，也不能摧毁这种"重进罗马"的精神。像这样的故事正是孤岛上的中国人应当牢牢记住的。

那么为什么还有人在这里感到苦闷呢？固然在这里到处都听得见"到内地

去"的呼声，而且也有不少年轻人冒危险、忍辛苦离开了孤岛，但是也有更多的人无法展翅远飞，不得不留在这里痛苦呻吟。他们把孤岛看作人间地狱，担心在这里受到损害。我了解他们的心情。

不用说，每个人都有权利呼吸自由的空气，我们没有理由干涉他们。对那些有翅膀的，就让他们远走高飞，我也无法阻止。但是对于羽毛残缺或者羽毛尚未丰满的，我应该劝他们不要在悲叹中消磨光阴，因为他们并非真如他们自己所想象的那样：比别的人更不幸。而且他们忘记了他们的肩上还有与别人的同样重大的任务。固然可以使人呼吸自由空气的内地是我们的地方，但是被视作黑暗地狱的孤岛又何尝不是我们的土地！一直到今天孤岛还不曾被魔手捏在掌心里，未必就应该由我们自己来放弃？自由并不应当被视作天赐的东西。自由是有代价的。真正酷爱自由的人并不奔赴已有自由的地方，他们要在没有自由或者失去自由的地方创造自由，夺回自由。托玛斯·潘恩说得好："不自由的地方才是我的祖国。"参加过北美合众国独立战争的潘恩是比谁都更了解自由的意义的。

唯其失去自由，更需要人为它夺回自由。唯其黑暗，更需要人为它带来光明。只要孤岛不曾被中国人完全放弃，它终有得着自由、见到光明的一天。孤岛比中国的任何地方都需要工作的人，而且在这里做工作比在别处更多困难，这里的工作者应当具有更大的勇气、镇静、机智和毅力。工作的种类很多，它们的重要性并不减于在前线作战。这样的工作的确是值得有为的青年献身从事的。

我们有什么理由轻视孤岛上的工作？我们平日责备失地的将士，那么轮到我们来"守土"的时候，我们怎么可以看轻我们的职责？撇开孤岛的历史不说，难道这四五百万中国人居住的所在就是一块不毛的瘠土？谁能说匆匆奔赴内地寻求自由，就比在重重包围中沉默地冒险工作更有利于民族复兴的伟业？反之，"重进罗马"的精神倒是建立新中国的基石。这不是一句空话。我们在失地中已经见到了不少的这种精神的火花。这种精神不会消灭，中国不会灭亡，这是我们可以断言的。

因此住在孤岛上的人，尤其是青年，应当感到自己责任的重大而兴奋、振作，不要再陷入苦闷的泥淖中去。

1938 年 7 月 19 日在汕头

## 赏 析

巴金（1904—2005），生于四川成都，文学家、翻译家，代表作有"激流三部曲"（《家》、《春》、《秋》），"爱情三部曲"（《雾》、《雨》、《电》），散文集《随想录》等，是中国当代文坛的巨匠之一。他晚年常说的一句话，概括了他的写作人生："把心交给读者。""讲真话"是巴老一生不懈的追求，他认为文学的生命在于真诚，而不在于夸饰。

　　"重进罗马"精神来自古罗马的尼罗王屠杀基督教徒的故事，耶稣的门徒老彼得起初为保全自己，秘密离开了罗马城。但后来他在耶稣精神的指引下重进罗马、继续斗争，坦然接受死亡命运。巴金根据老彼得的献身传道事迹，将之概括为"'重进罗马'的精神"。

　　当时的上海，四面都是日军侵占的沦陷区，仅租界内是英法等国控制而日军势力未到的地方，故称"孤岛"。巴金提倡"'重进罗马'的精神"就是鼓励当时中国滞留在"孤岛"的青年，希望他们振作精神，为了国家的自由和解放，同日寇作斗争。

　　在抗战期间，巴金一直致力于抗日救亡文化活动，提倡用文学手段唤起民族救亡热潮，他坚信中国的广大青年有敢于牺牲的精神，对中国抗战必胜充满了信心。本文宣传"一种献身人格"，号召广大青年"要在没有自由或者失去自由的地方创造自由，夺回自由"。

　　"重进罗马"精神象征着自由和民主，象征着光明和未来，象征着奉献与拼搏。那么，精神的力量究竟有多大？

　　人总是要有点"精神"的。

　　所有的灯都可以熄灭，唯有一盏是不能熄灭的，那便是我们的心灯——精神力量。它虽不能照亮黑夜，但却可以在我们孤独的时候给我们前行的力量。丧失精神力量是最可怕的沉沦。

# 七十六　春

朱自清

　　盼望着，盼望着，春风来了，春天的脚步近了。

　　一切都像刚睡醒的样子，欣欣然张开了眼。山朗润起来了，水涨起来了，太阳的脸红起来了。

　　小草偷偷地从土里钻出来，嫩嫩的，绿绿的。园子里，田野里，瞧去，一大片一大片满是的。坐着，躺着，打两个滚，踢几脚球，赛几趟跑，捉几回迷藏。风轻悄悄的，草软绵绵的。

　　桃树、杏树、梨树，你不让我，我不让你，都开满了花赶趟儿。红的像火，

粉的像霞，白的像雪。花里带着甜味儿；闭了眼，树上仿佛已经满是桃儿、杏儿、梨儿。花下成千成百的蜜蜂嗡嗡地闹着，大小的蝴蝶飞来飞去。野花遍地是：杂样儿，有名字的，没名字的，散在草丛里像眼睛，像星星，还眨呀眨的。

"吹面不寒杨柳风"，不错的，像母亲的手抚摸着你。风里带来些新翻的泥土的气息，混着青草味儿，还有各种花的香，都在微微润湿的空气里酝酿。鸟儿将巢安在繁花嫩叶当中，高兴起来了，呼朋引伴地卖弄清脆的喉咙，唱出宛转的曲子，跟轻风流水应和着。牛背上牧童的短笛，这时候也成天在嘹亮地响着。

雨是最寻常的，一下就是三两天。可别恼。看，像牛毛、像花针、像细丝，密密地斜织着，人家屋顶上全笼着一层薄烟。树叶绿得发亮，小草儿也青得逼你的眼。傍晚时候，上灯了，一点点黄晕的光，烘托出一片安静而和平的夜。在乡下，小路上，石桥边，有撑起伞慢慢走着的人，地里还有工作的农民，披着蓑戴着笠。他们的房屋，稀稀疏疏的，在雨里静默着。

天上风筝渐渐多了，地上孩子也多了。城里乡下，家家户户，老老小小，也赶趟儿似的，一个个都出来了。舒活舒活筋骨，抖擞抖擞精神，各做各的一份事去。"一年之计在于春"，刚起头儿，有的是工夫，有的是希望。

春天像刚落地的娃娃，从头到脚都是新的，它生长着。

春天像小姑娘，花枝招展的，笑着，走着。

春天像健壮的青年，有铁一般的胳膊和腰脚，领着我们上前去。

## 赏　析

朱自清（1898—1948），中国散文家、诗人，江苏扬州人，原籍浙江绍兴。他著有诗文集《踪迹》，散文集《背影》等。

《春》是一篇寓情于景的优美散文，作者以摇曳多姿的笔触为我们生动地展示了一个生机勃勃的春天。盼春，是文章的开端，起笔连用两个"盼望着"，表现了作者期待春天来临的殷切心情。接着文章从大处落笔，观察了初春的山、水和太阳，勾勒出一个总的轮廓。然后从春草、春花、春风、春雨、春天里的人们等几个方面来描绘春天的景象。作者通过细腻的感受，灵活运用多种修辞手法将难以状写的春天景色写得神韵透彻，字里行间尽显作者热爱生活、积极进取的乐观心态。"一年之计在于春"这句话，不正是劝告我们珍惜美好的时光，把握时机，干一番事业吗？

《春》的结构严谨。文章以"脚步近了"始，以"领着我们上前去"终，起于拟人，结于拟人，其构思布局颇具匠心。至于语言的秀雅清新和作者运用的奇妙比喻，则更能令人感受到那"味道极正而且醇厚"的情致。

# 七十七　故都的秋

郁达夫

秋天，无论在什么地方的秋天，总是好的；可是啊，北国的秋，却特别地来得清，来得静，来得悲凉。我的不远千里，要从杭州赶上青岛，更要从青岛赶上北平来的理由，也不过想饱尝一尝这"秋"，这故都的秋味。

江南，秋当然也是有的；但草木凋得慢，空气来得润，天的颜色显得淡，并且又时常多雨而少风；一个人夹在苏州上海杭州，或厦门香港广州的市民中间，混混沌沌地过去，只能感到一点点清凉，秋的味，秋的色，秋的意境与姿态，总是看不饱，尝不透，赏玩不到十足。秋并不是名花，也并不是美酒，那一种半开，半醉的状态，在领略秋的过程上，是不合式的。

不逢北国之秋，已将近十余年了。在南方每年到了秋天，总要想起陶然亭①的芦花，钓鱼台②的柳影，西山的虫唱，玉泉的夜月③，潭柘寺④的钟声。在北平即使不出门去罢，就是在皇城⑤人海之中，租人家一椽破屋来住着，早晨起来，泡一碗浓茶，向院子一坐，你也能看得到很高很高的碧绿的天色，听得到青天下驯鸽的飞声。从槐树叶底，朝东细数着一丝一丝漏下来的日光，或在破壁腰中，静对着像喇叭似的牵牛花（朝荣）的蓝朵，自然而然地也能够感觉到十分的秋意。说到了牵牛花，我以为以蓝色或白色者为佳，紫黑色次之，淡红者最下。最好，还要在牵牛花底，教长着几根疏疏落落的尖细且长的秋草，使作陪衬。

北国的槐树，也是一种能使人联想起秋来的点缀。像花而又不是花的那一种落蕊，早晨起来，会铺得满地。脚踏上去，声音也没有，气味也没有，只能感出一点点极微细极柔软的触觉。扫街的在树影下一阵扫后，灰土上留下来的一条条扫帚的丝纹，看起来既觉得细腻，又觉得清闲，潜意识下并且还觉得有点儿落寞，古人所说的梧桐一叶而天下知秋的遥想，大约也就在这些深沉的地方。

秋蝉的衰弱的残声，更是北国的特产；因为北平处处全长着树，屋子又低，所以无论在什么地方，都听得见它们的啼唱。在南方是非要上郊外或山上去才听得到的。这秋蝉的嘶叫，在北平可和蟋蟀耗子一样，简直像是家家户户都养在家里的家虫。

还有秋雨哩，北方的秋雨，也似乎比南方的下得奇，下得有味，下得更像样。

在灰沉沉的天底下，忽而来一阵凉风，便息列索落地下起雨来了。一层雨过，云渐渐地卷向了西去，天又青了，太阳又露出脸来了；着着很厚的青布单衣或夹袄的都市闲人，咬着烟管，在雨后的斜桥影里，上桥头树底下去一立，遇见熟人，便会用了缓慢悠闲的声调，微叹着互答着的说：

"唉，天可真凉了——"（这个字念得很高，拖得很长。）

"可不是么？一层秋雨一层凉啦！"

北方人念阵字，总老像是层字，平平仄仄起来，这念错的歧韵，倒来得正好。

北方人的果树，到秋来，也是一种奇景。第一是枣子树；屋角，墙头，茅房边上，灶房门口，它都会一株株的长大起来。像橄榄又像鸽蛋似的这枣子颗儿，在小椭圆形的细叶中间，显出淡绿微黄的颜色的时候，正是秋的全盛时期；等枣树叶落，枣子红完，西北风就要起来了，北方便是尘沙灰土的世界，只有这枣子，柿子，葡萄，成熟到八九分的七八月之交，是北国的清秋的佳日，是一年之中最好也没有的 Golden Days。

有些批评家说，中国的文人学士，尤其是诗人，都带着很浓厚的颓废色彩，所以中国的诗文里，颂赞秋的文字特别的多。但外国的诗人，又何尝不然？我虽则外国诗文念得不多，也不想开出账来，做一篇秋的诗歌散文钞，但你若去一翻英德法意等诗人的集子，或各国的诗文的 Anthology 来，总能够看到许多关于秋的歌颂与悲啼。各著名的大诗人的长篇田园诗或四季诗里，也总以关于秋的部分，写得最出色而最有味。足见有感觉的动物，有情趣的人类，对于秋，总是一样的能特别引起深沉，幽远，严厉，萧索的感触来的。不单是诗人，就是被关闭在牢狱里的囚犯，到了秋天，我想也一定会感到一种不能自已的深情；秋之于人，何尝有国别，更何尝有人种阶级的区别呢？不过在中国，文字里有一个"秋士"⑥的成语，读本里又有着很普遍的欧阳子的《秋声》⑦与苏东坡的《赤壁赋》等，就觉得中国的文人，与秋的关系特别深了。可是这秋的深味，尤其是中国的秋的深味，非要在北方，才感受得到底。

南国之秋，当然是也有它的特异的地方的，譬如廿四桥的明月⑧，钱塘江的秋潮，普陀山的凉雾，荔枝湾⑨的残荷等等，可是色彩不浓，回味不永。比起北国的秋来，正像是黄酒之与白干，稀饭之与馍馍，鲈鱼之与大蟹，黄犬之与骆驼。

秋天，这北国的秋天，若留得住的话，我愿意把寿命的三分之二折去，换得一个三分之一的零头。

1934 年 8 月，在北平

## 【注　释】

①陶然亭：在北京宣武区，现在陶然亭公园内。陶然亭的名字源于白居易"更待菊黄家酿熟，共君一醉一陶然"的诗句。

②钓鱼台：北京城西一个风景区，在如今玉渊潭公园东面，环境清幽。

③西山的虫唱，玉泉的夜月：西山指八大处，玉泉指玉泉山，都是北京西郊的

名胜。

④潭柘寺：始建于晋代，原名嘉福寺，是北京最古老的寺庙。位于京西门头沟区潭柘山。

⑤皇城：明清两代在北京城内以故宫为中心所建之城，周长十八里多。

⑥秋士：古时指到了暮年仍怀才不遇的读书人。

⑦欧阳子的《秋声》：指欧阳修的《秋声赋》。

⑧廿四桥的明月：即扬州的明月。廿，二十。廿四桥，即扬州吴家砖桥，据说因古时有24位美人在桥上吹箫而得名。另一说扬州曾有24座桥。因此廿四桥指扬州。杜牧《寄扬州韩绰判官》诗有"二十四桥明月夜，玉人何处教吹箫"的名句。

⑨荔枝湾：在广州市西关。岸多红荔，故有此名。荔枝湾风景优美，为羊城八景之一。

## 赏 析

郁达夫（1896—1945），原名郁文，中国作家、诗人。他是浙江富阳人，生于书香家庭，3岁丧父，1913年留学日本。他的主要作品有《沉沦》、《春风沉醉的晚上》等。

因国民党白色恐怖等原因，1933年4月郁达夫由上海迁居杭州。当时的环境，在他的内心投下了忧虑的阴影。写于1934年8月的《故都的秋》折射出他内心的感情与追求。

写秋之作，古今中外，或歌或悲，或叙或议，可谓不胜枚举。郁达夫笔下《故都的秋》，写得清新灵秀，质朴真挚，堪称咏秋佳作。

文章起笔即切入正题。抒写了北京秋天的浓色、浓味，主要是通过和江南之秋的对比来表现的。江南之秋，只能使人"感到一点点清凉"，北国之秋"却特别来得清，来得静，来得悲凉"。这是故都的秋给人的总印象，是开篇的文眼。

接着作者从五个方面刻画故都的秋的景象，写景、叙事、抒情、议论相结合，北国院内赏秋景、北国槐下知秋物、北国蝉底听秋声、北国雨后感秋意、北国秋清话秋果。作者用心中之秋写笔下之秋，秋意十足，秋韵毕现，寥寥数笔，让人领略到北国之秋的清、静、悲凉的韵味，进而把对故都的秋的赞美、眷念的情怀抒写得酣畅淋漓。

全篇语言清新优美，文笔洒脱，抒情浓烈，情调感伤，具有浓重的主观色彩。

## 七十八 成 功

季羡林

什么叫成功？顺手拿来一本《现代汉语词典》，上面写道："成功：获得预期的结果。"言简意赅，明白之至。

但是，谈到"预期"，则错综复杂，纷纭混乱。人人每时每刻每日每月都有大小不同的预期，有的成功，有的失败，总之是无法界定，也无法分类，我们不去谈它。

我在这里只谈成功，特别是成功之道。这又是一个极大的题目，我却只是小做。积七八十年之经验，我得到了下面这个公式：天资＋勤奋＋机遇＝成功。

"天资"，我本来想用"天才"；但天才是个稀见现象，其中不少是"偏才"，所以我弃而不用，改用"天资"，大家一看就明白。这个公式实在是过分简单化了，但其中的含义是清楚的。搞得太烦琐，反而不容易说清楚。

谈到天资，首先必须承认，人与人之间天资是不相同的，这是一个事实，谁也否定不掉。十年浩劫中，自命天才的人居然号召大批天才，葫芦里卖的是什么药，至今不解。到了今天，学术界和文艺界自命天才的人颇不稀见，我除了羡慕这些人"自我感觉过分良好"外，不敢赞一词。对于自己的天资，我看，还是客观一点好，实事求是一点好。

至于勤奋，一向为古人所赞扬。囊萤、映雪、悬梁、刺股等故事流传了千百年，家喻户晓。韩文公的"焚膏油以继晷，恒兀兀以穷年"，更为读书人所向往。如果不勤奋，则天资再高也毫无用处。事理至明，无待饶舌。

谈到机遇，往往为人所忽视。它其实是存在的，而且有时候影响极大。就以我自己为例，如果清华不派我到德国去留学，则我的一生完全不会像现在这个样子。

把成功的三个条件拿来分析一下，天资是由"天"来决定的，我们无能为力。机遇是不期而来的，我们也无能为力。只有勤奋一项完全是我们自己决定的，我们必须在这一项上狠下工夫。在这里，古人的教导也多得很。还是先举韩文公。他说："业精于勤荒于嬉，行成于思毁于随"。这两句话是大家都熟悉的。

王静安在《人间词话》中说："古今之成大事业大学问者必经过三种之境界。'昨夜西风凋碧树，独上高楼，望尽天涯路'。此第一境也。'衣带渐宽终不悔，为伊消得人憔悴'。此第二境也。'众里寻他千百度，蓦然回首，那人却在，灯火阑珊处'。此第三境也。"静安先生第一境写的是预期。第二境写的是勤奋。第三境写的是成功。其中没有写天资和机遇。我不敢说，这是他的疏漏，因为写的角度不同。但是，我认为，补上天资与机遇，似更为全面。我希望，大家

都能拿出"衣带渐宽终不悔"的精神来从事做学问或干事业，这是成功的必由之路。

## 赏析

季羡林（1911—2009），中国著名语言学家、作家、翻译家、教育家和社会活动家，精通12国语言。代表作品有《中印文化关系史论丛》、《佛教与中印文化交流》等。

读季羡林《成功》，会使我们明白勤奋的重要。"天资＋勤奋＋机遇＝成功"，而我们能做的只有勤奋。勤奋是为了奠定基础，这样当机会来临时，我们才能好好把握机会，才有机会成功。如果没有勤奋的努力，当机会来临时，我们只能眼看着它从面前经过。不过"机遇"也相当重要，如果只有勤奋的努力，而没有机会，也一样徒劳，但机遇垂青有准备的人，垂青勤奋的人。我们要取得成功，能做的只有勤奋，只有努力。

成功需要素质。桂冠总是落在素质优秀者头上。有了优秀素质就等于成功了一半。可是素质再好，不合理开发利用仍难采撷到成功的甘果。我们一要勤奋，真理常由汗水与毅力凝结而成，不忍受荆棘的刺痛，不持之以恒地执著攀登，怎能抵达荣誉的峰顶？二要扬长避短，伟大事业总是方向的选择和一个人气质契合的结晶，不认准自己的长处，不高扬自己的优点，任何努力都只事倍功半。三要专一集中，事事兼顾就事事难精，不把才能智力投诸一点，不认准正确方向风雨兼程，跋涉中领略的只能是一腔无奈的苦。

作者从切身的感受阐述人生道理，语言朴实无华，但是具有很强的说服力。

# 七十九　我很重要
毕淑敏

当我说出"我很重要"这句话的时候，颈项后面掠过一阵战栗。我知道这是把自己的额头裸露在弓箭之下了，心灵极容易被别人的批判洞伤。许多年来，没有人敢在光天化日之下表示自己"很重要"。我们从小受到的教育都是——"我不重要"。

作为一名普通士兵，与辉煌的胜利相比，我不重要。

作为一个单薄的个体，与浑厚的集体相比，我不重要。

作为一位奉献型的女性，与整个家庭相比，我不重要。

作为随处可见的人的一分子，与宝贵的物质相比，我们不重要。

我们——简明扼要地说，就是每一个单独的"我"——到底重要还是不重要？

我是由无数星辰日月草木山川的精华汇聚而成的。只要计算一下我们一生吃进去多少谷物，饮下了多少清水，才凝聚成一具美轮美奂的躯体，我们一定会为那数字的庞大而惊讶。平日里，我们尚要珍惜一粒米、一叶菜，难道可以对亿万粒菽粟亿万滴甘露濡养出的万物之灵，掉以丝毫的轻心吗？

当我在博物馆里看到北京猿人窄小的额和前凸的吻时，我为人类原始时期的粗糙而黯然。他们精心打制出的石器，用今天的目光看来不过是极简单的玩具。如今很幼小的孩童，就能熟练地操纵语言，我们才意识到已经在进化之路上前进了多远。我们的头颅就是一部历史，无数祖先进步的痕迹储存于脑海深处。我们是一株亿万年苍老树干上最新萌发的绿叶，不单属于自身，更属于土地。人类的精神之火，是连绵不断的链条，作为精致的一环，我们否认了自身的重要，就是推卸了一种神圣的承诺。

回溯我们诞生的过程，两组生命基因的嵌合，更是充满了人所不能把握的偶然性。我们每一个个体，都是机遇的产物。

常常遥想，如果是另一个男人和另一个女人，就绝不会有今天的我……

即使是这一个男人和这一个女人，如果换了一个时辰相爱，也不会有此刻的我……

即使是这一个男人和这一个女人在这一个时辰，由于一片小小落叶或是清脆鸟啼的打搅，依然可能不会有如此的我……

一种令人怅然以至走入恐惧的想象，像雾霭一般不可避免地缓缓升起，模糊了我们的来路和去处，令人不得不断然打住思绪。

我们的生命，端坐于概率垒就的金字塔的顶端。面对大自然的鬼斧神工，我们还有权利和资格说我不重要吗？

对于我们的父母，我们永远是不可重复的孤本。无论他们有多少儿女，我们都是独特的一个。

假如我不存在了，他们就空留一份慈爱，在风中蛛丝般飘荡。

假如我生了病，他们的心就会皱缩成石块，无数次向上苍祈祷我的康复，甚至愿灾痛以十倍的烈度降临于他们自身，以换取我的平安。

我的每一滴成功，都如同经过放大镜，进入他们的瞳孔，摄入他们心底。

假如我们先他们而去，他们的白发会从日出垂到日暮，他们的泪水会使太平洋为之涨潮。面对这无法承载的亲情，我们还敢说我不重要吗？

我们的记忆，同自己的伴侣紧密地缠绕在一处，像两种混淆于一碟的颜色，已无法分开。你原先是黄，我原先是蓝，我们共同的颜色是绿，绿得生机勃勃，绿得苍翠欲滴。失去了妻子的男人，胸口就缺少了生死攸关的肋骨，心房裸露着，随着每一阵轻风滴血。失去了丈夫的女人，就是齐斩斩折断的琴弦，每一根都在雨夜长久地自鸣……面对相濡以沫的同道，我们忍心说我不重要吗？

俯对我们的孩童，我们是至高至尊的唯一。我们是他们最初的宇宙，我们是深不可测的海洋。假如我们隐去，孩子就永失淳厚无双的血缘之爱，天倾东南，地陷西北，万劫不复。盘子破裂可以粘起，童年碎了，永不复原。伤口流血了，没有母亲的手为他包扎。面临抉择，没有父亲的智慧为他谋略……面对后代，我们有胆量说我不重要吗？

与朋友相处，多年的相知，使我们仅凭一个微蹙的眉尖、一次睫毛的抖动，就可以明了对方的心情。假如我不在了，就像计算机丢失了一份不曾复制的文件，他的记忆库里留下不可填补的黑洞。夜深人静时，手指在揿了几个电话键码后，骤然停住，那一串数字再也用不着默诵了。逢年过节时，她写下一沓沓的贺卡。轮到我的地址时，她闭上眼睛……许久之后，她将一张没有地址只有姓名的贺卡填好，在无人的风口将它焚化。

相交多年的密友，就如同沙漠中的古陶，摔碎一件就少一件，再也找不到一模一样的成品。面对这般友情，我们还好意思说我不重要吗？

我很重要。

我对于我的工作我的事业，是不可或缺的主宰。我的独出心裁的创意，像鸽群一般在天空翱翔，只有我才捉得住它们的羽毛。我的设想像珍珠一般散落在海滩上，等待着我把它用金线串起。我的意志向前延伸，直到地平线消失的远方……没有人能替代我，就像我不能替代别人。我很重要。

我对自己小声说。我还不习惯嘹亮地宣布这一主张，我们在不重要中生活得太久了。我很重要。

我重复了一遍。声音放大了一点。我听到自己的心脏在这种呼唤中猛烈地跳动。我很重要。

我终于大声地对世界这样宣布。片刻之后，我听到山岳和江海传来回声。

是的，我很重要。我们每一个人都应该有勇气这样说。我们的地位可能很卑微，我们的身分可能很渺小，但这丝毫不意味着我们不重要。

重要并不是伟大的同义词，它是心灵对生命的允诺。

人们常常从成就事业的角度，断定我们是否重要。但我要说，只要我们在时刻努力着，为光明在奋斗着，我们就是无比重要地生活着。

让我们昂起头，对着我们这颗美丽的星球上无数的生灵，响亮地宣布——

我很重要。

## 赏 析

毕淑敏，1952年生于新疆，国家一级作家，最初从事医学工作，后从事专业写作，著有《毕淑敏文集》，长篇小说《红处方》、《血玲珑》，并著有国内第一部心理治疗小说《拯救乳房》。

"雪域之子"毕淑敏，有一种把对于人的关怀、热情与悲悯化为冷静处方的，集道德、文学、科学于一体的思维方式。"祥和与理性的统一"是毕淑敏特有的笔触。读毕淑敏的文章，可以感受到一种母性的关怀，可以领悟到关于爱和人生的真谛，可以畅游在冷静、雅致而又充满哲理的语言世界里。

我们从小受到教育都是"我不重要"。所以文章一开始，作者就连用四个句子来解释为什么"我不重要"，因为相对整体来说，"我"确实渺小！其实这是忽视个体尊严和个体价值的教育。那么相对于个体来说，"我"是否重要呢？接着作者从多方面列举了"我很重要"的理由：因为，对父母、爱人、子女、友人、事业来说，"我"都是不可或缺的，都是别人无法替代的，所以"我很重要"！这就是作家毕淑敏对生命的解读。是的，我们每个人都很重要，明白这个道理，我们就该勇敢地承担起生命赋予我们的责任，为自己，为爱你的人们和你爱的人们去奋斗去努力，去创造平凡但却精彩的人生！这样我们才能昂起头，"对着我们这颗美丽的星球上无数的生灵，响亮地宣布——我很重要。"我们应该有这份勇气，因为能大声地说出"我很重要"，就是心灵对生命的一种庄严的承诺。

其实，每个人在世上活着也不过几十年的光景，为何不珍惜这几十年的光阴，时刻努力着，为光明奋斗着，让自己的生命绽放出应有的光彩呢？

# 八十　人的高贵在于灵魂

周国平

法国思想家帕斯卡尔有一句名言："人是一支有思想的芦苇。"他的意思是说，人的生命像芦苇一样脆弱，宇宙间任何东西都能置人于死地。可是，即使如此，人依然比宇宙间任何东西高贵得多，因为人有一颗能思想的灵魂。我们当然不能也不该否认肉身生活的必要，但是，人的高贵却在于他有灵魂生活。作为肉身的人，人并无高低贵贱之分。惟有作为灵魂的人，由于内心世界的巨大差异，人才分出了高贵和平庸，乃至高贵和卑鄙。

两千多年前，罗马军队攻进了希腊的一座城市，他们发现一个老人正蹲在沙地上专心研究一个图形。他就是古代最著名的物理学家阿基米德。他很快便死在了罗马军人的剑下，当剑朝他劈来时，他只说了一句话："不要踩坏我的图！"在他看来，他画在地上的那个图形是比他的生命更加宝贵的。更早的时候，征服了欧亚大陆的亚历山大大帝视察希腊的另一座城市，遇到正躺在地上晒太阳的哲学家第欧根尼，便问他："我能替你做些什么？"得到的回答是："不要挡住我的阳光！"在他看来，面对他在阳光下的沉思，亚历山大大帝的赫赫战功显得无足轻重。这两则传为千古美谈的小故事表明了古希腊优秀人物对于灵魂生活的珍爱，他们爱思想胜于爱一切，包括自己的生命，把灵魂生活看得比任何外在的事物包括显赫的权势更加高贵。

珍惜内在的精神财富甚于外在的物质财富，这是古往今来一切贤哲的共同特点。英国作家王尔德到美国旅行，入境时，海关官员问他有什么东西要报关，他回答："除了我的才华，什么也没有。"使他引以自豪的是，他没有什么值钱的东西，但他拥有不能用钱来估量的艺术才华。正是这位骄傲的作家在他的一部作品中告诉我们："世间再没有比人的灵魂更宝贵的东西，任何东西都不能跟它相比。"

其实，无需举这些名人的事例，我们不妨稍微留心观察周围的现象。我常常发现，在平庸的背景下，哪怕是一点不起眼的灵魂生活的迹象，也会闪放出一种很动人的光彩。

有一回，我乘车旅行。列车飞驰，车厢里闹哄哄的，旅客们在聊天、打牌、吃零食。一个少女躲在车厢的一角，全神贯注地读着一本书。她读得那么专心，还不时地往随身携带的一个小本子上记些什么，好像完全没有听见周围嘈杂的人声。望着她仿佛沐浴在一片光辉中的安静的侧影，我心中充满感动，想起了自己的少年时代。那时候我也和她一样，不管置身于多么混乱的环境，只要拿起一本好书，就会忘记一切。如今我自己已经是一个作家，出过好几本书了，可是我却羡慕这个埋头读书的少女，无限缅怀已经渐渐远逝的有着同样纯正追求的我的青春岁月。

每当北京举办世界名画展览时，便有许多默默无闻的青年画家节衣缩食，自筹旅费，从全国各地风尘仆仆来到首都，在名画前流连忘返。我站在展厅里，望着这一张张热忱仰望的年轻的面孔，心中也会充满感动。我对自己说：有着纯正追求的青春岁月的确是人生最美好的岁月。

若干年过去了，我还会常常不由自主地想起列车上的那个少女和展厅里的那些青年，揣摩他们现在不知怎样了。据我观察，人在年轻时多半是富于理想的，随着年龄增长就容易变得越来越实际。由于生存斗争的压力和物质利益的诱惑，大家都把眼光和精力投向外部世界，不再关注自己的内心世界。其结果是灵魂日益萎缩和空虚，只剩下了一个在世界上忙碌不止的躯体。对于一个人来说，没有比这更可悲的事情了。我暗暗祝愿他们仍然保持着纯正的追求，没有走上这条可悲的路。

## 赏　析

周国平，1945 年生，中国当代著名学者、作家，著有学术专著、纪实作品、诗集等各类书籍二十多部，现为中国社会科学院哲学研究员。周国平的作品以其文采和哲思赢得了无数读者的青睐，无论青年还是老年，都能从他的文字收获智慧和哲理。

这是一篇语言优美、意蕴丰富的哲理散文。其中蕴涵着作者对人生价值的思考，同时，也让读者在阅读后有所感悟——人生要追求什么？

文章以法国思想家帕斯卡尔的一句名言开篇，直接引入正题。后连列三位名人的事例来论证文章的观点：人最高贵的是灵魂，是精神，是人纯正的追求，并列举了两个作者身边的例子印证观点。最后，作者在篇末进行论述。同时，作者对"人生要追求什么"的问题，也给出了自己的答案："暗暗祝愿"那些"保持着纯正的追求"的人，即号召人们要保持自己的纯正追求。

《人的高贵在于灵魂》的思想内核就是希望青少年不要因为"生存斗争的压力和物质利益的诱惑，都把眼光和精力投向外部世界，不再关注自己的内心世界"。在作者看来，一个人如果完全屈服于外界的压力和被物质利益所诱惑，那就很容易失去自我，那就如同被放逐出了精神的麦田，坠入物质的万丈悬崖。

在日常生活中，有的人只想着如何吃喝玩乐，追求物质利益，争名夺利；有的人却能在崇尚物质的现代社会，坚持对精神财富的追求，而这样的行为往往是最让人感动的。要记住，一个拥有优秀内在的人，永远只注重外在的人要坚强，也更容易成功。

# 外国经典诗文

## 八十一　在葛底斯堡国家公墓的演说

林　肯（美国）

1863 年 11 月 9 日

　　87 年前，我们的先辈们在这个大陆上创立了一个新国家，它孕育于自由之中，奉行一切人生来平等的原则。

　　现在我们正从事一场伟大的内战，以考验这个国家，或者任何一个孕育于自由和奉行上述原则的国家是否能够长久存在下去。我们今天在这场战争中的一个伟大战场上集会。烈士们为使这个国家能够生存下去而贡献出了自己的生命，我们来到这里，是要把这个战场的一部分奉献给他们作为最后安息之所。我们这样做是完全应该而且非常恰当的。

　　但是，从更广泛的意义上来说，这块土地我们不能够奉献，不能够圣化，不能够神化。那些曾在这里战斗过的勇士们，活着的和去世的，已经把这块土地圣化了，这远不是我们微薄的力量所能增减的。我们在这里所说的话，全世界不大会注意，也不会长久地记住，但勇士们在这里所做过的事，全世界却永远不会忘记。毋宁说，倒是我们这些还活着的人，应该在这里把自己奉献于勇士们已经如此崇高地向前推进但尚未完成的事业。倒是我们应该在这里把自己奉献于仍然留在我们面前的伟大任务——我们要从这些光荣的死者身上汲取更多的献身精神，来完成他们已经完全彻底为之献身的事业。我们要在这里下定最大的决心，不让这些死者白白牺牲，我们要使国家在上帝福佑下得到自由的新生，要使这个民有、民治、民享的政府永世长存。

### 赏　析

　　林肯（1809—1865），美国总统。他出身贫寒，曾任律师，1834—1842 年为州议员，1847—1849 年为众议员，1860 年当选总统。他主张维护联邦统一，逐步废除奴隶制。在任总统期间，他领导南北战争，重新统一了美国。在美国历史上与华盛顿总统齐名。1865 年被奴隶制拥护者刺杀。马克思与林肯是同时代的人，他对林肯的评价是："一位达到了伟大境界而仍保持自己优良品质的罕有人物。"

　　最出色的，也就是最朴素的。因为它的力量来自它本身，是任何外加的装饰所不能够增减的。林肯的这篇简短的演说辞之所以是杰作，就在于它的"精悍"。而其风格形态是：单纯，明晰，简洁，精炼。

"文如其人"，我们甚至可以通过这篇演说辞，看出林肯本人"精悍政治家"的面貌。

此演说辞直入主旨，开宗明义地提出"自由"、"平等"的原则。这正是美国人，不，应当说是全人类的理想。

"新国家"的创立，正由此而弥足珍贵；然而当它受到威胁的时候，理想本身的实现就可能被毁灭；林肯非常干脆地把这一危险告诉人们，然后他直截了当地告诉大家：我们该怎么办。

这是在国家公墓发表的演说，而在此安眠的烈士的英灵，无疑是对生者，亦即后来者是最好的激励。于是他说：我们是微不足道的，但他们不是；所以我们唯一应做的，就是不辱没他们的英名，不葬送他们所业已建树的基业——假如我们也要有尊严，我们就必须光大、捍卫其光荣的事业。他说："我们要在这里下定最大的决心，不让这些死者白白牺牲"！

然后他把自己"民有、民治、民享"的理想之得以实现的模式张榜告示，他说：这就是使我们能够"得到自由的新生"的成功道路。

发布政治宣言时是绝不容许有废话的，而且它一定要简洁有力、单纯明晰，这一点林肯做到了。


# 八十二  在马克思墓前的讲话

恩格斯（德国）

1883 年 3 月 17 日

3 月 14 日下午两点三刻，当代最伟大的思想家停止思想了。让他一个人留在房里还不到两分钟，等我们再进去的时候，便发现他在安乐椅上安静地睡着了——但已经是永远地睡着了。

这个人的逝世，对于欧美战斗着的无产阶级，对于历史科学，都是不可估量的损失。这位巨人逝世以后所形成的空白，在不久的将来就会使人感觉到。

正像达尔文发现有机界的发展规律一样，马克思发现了人类历史的发展规律，即历来为繁茂芜杂的意识形态所掩盖着的一个简单事实：人们首先必须吃、喝、住、穿，然后才能从事政治、科学、艺术、宗教等等。所以，直接的物质的生活资料的生产，从而一个民族或一个时代的一定的经济发展阶段，便构成为基础，人们的国家制度、法的观点、艺术以至宗教观念，就是从这个基础上发展起来的，因而，也必须由这个基础来解释，而不是像过去那样做得相反。

不仅如此。马克思还发现了现代资本主义生产方式和它所产生的资产阶级社会的特殊的运动规律。由于剩余价值的发现，这里

马克思

就豁然开朗了，而先前无论资产阶级经济学家或者社会主义批评家所做的一切研究都只是在黑暗中摸索。

一生中能有这样两个发现，该是很够了。甚至只要能作出一个这样的发现，也已经是幸福的了。但是马克思在他所研究的每一个领域，甚至在数学领域都有独到的发现，这样的领域是很多的，而且其中任何一个领域他都不是肤浅地研究的。

他作为科学家就是这样，但是这在他身上远不是主要的。在马克思看来，科学是一种在历史上起推动作用的、革命的力量。任何一门理论科学中的每一个新发现，即使它的实际应用甚至还无法预见，都使马克思感到衷心喜悦，但是当有了立即会对工业、对一般历史发展产生革命影响的发现的时候，他的喜悦就非同寻常了。例如，他曾经密切地注意电学方面各种发现的发展情况，不久以前，他还注意了马赛尔·德普勒[①]的发现。

因为马克思首先是一个革命家。他毕生的真正使命，就是以这种或那种方式参加推翻资本主义社会及其所建立的国家制度的事业，参加现代无产阶级的解放事业，正是他第一次使现代无产阶级意识到自身的地位和需要，意识到自身解放的条件。斗争是他的生命要素。而他进行斗争的热烈、顽强和卓有成效，是很少见的。最早的《莱茵报》（1842年），巴黎的《前进报》（1844年），《德意志——布鲁塞尔报》（1847年），《新莱茵报》（1848—1849年），《纽约每日论坛报》（1852—1861年），以及许多富有战斗性的小册子，在巴黎、布鲁塞尔和伦敦各组织中的工作，最后，作为全部活动的顶峰，创立伟大的国际工人协会[②]——老实说，协会的这位创始人即使别的什么也没有做，也可以为这一成果自豪。

正因为这样，所以马克思是当代最遭嫉恨和最受诬蔑的人。各国政府——无论专制政府或共和政府，都驱逐他[③]；资产者——无论保守派或极端民主派，都竞相诽谤他，诅咒他。他对这一切毫不在意，把它们当做蛛丝一样轻轻抹去，只是在万分必要时才给予答复。现在他逝世了，在整个欧洲和美洲，从西伯利亚矿井到加利福尼亚，千百万革命战友无不对他表示尊敬、爱戴和悼念，而我敢大胆地说：他可能有过许多敌人，但未必有一个私敌。

他的英名和事业将永垂不朽！

**【注　释】**

①马赛尔·德普勒：法国物理学家。1882年，慕尼黑电气展览会上展出了他在米斯巴赫至慕尼黑之间架设的第一条实验性输电线路。

②国际工人协会：即第一国际。1864年秋由马克思创立。1876年正式宣布解散。

马克思和恩格斯所主持的第一国际，领导了各国工人的经济斗争和政治斗争，并同形形色色的反马克思主义流派进行了激烈斗争，巩固了各国工人的国际团结。列宁在评价第一国际时写道："第一国际奠定了工人国际组织的基础，使工人做好向资本进行革命进攻的准备。""第一国际的活动对所有国家的工人运动立下了伟大的功绩，留下了深远的影响。"

③各国政府……都驱逐他：马克思曾4次被反动政府无理驱逐——1845年2月被逐出法国，1848年3月被逐出比利时，1849年5月被逐出普鲁士，同年8月第2次被逐出法国。

## 赏 析

恩格斯（1820—1895），马克思主义创始人之一，无产阶级革命领袖与导师，马克思最亲密的战友。本文是1883年3月17日马克思在英国伦敦海格特公墓安葬时，恩格斯用英语发表的演讲。

也许可以这样说，发表悼念马克思的演讲，恩格斯是最合适的人选。几乎可以说，没有任何一位伟大的演讲家能说得像他一样好。只有思想才能洞悉思想，革命才能理解革命，实践才能肯定实践，科学才能赞美科学。因此，战友与挚友统一起来，恩格斯就成了权威和无可替代的评论家和预言家。

恩格斯的演讲才能也是一流的。本篇演讲以议论为主，兼有叙述和抒情，文中用叙述的方式介绍马克思逝世的情况和生前的革命实践活动，用议论的方式评价马克思的伟大发现及其深远影响，无论叙述或议论，都表现了作者对马克思的深厚情谊和崇高敬意。议论逻辑严密，有理有据，无懈可击，充满辩证法；叙述夹叙夹议，事实清楚，层层肯定，分析原因，作出结论，字字铿锵有力，句句掷地有声，成为无可挑剔的演说。

马克思是世界公认的伟大思想家。马克思主义是科学，而科学是不可战胜的。马克思主义穿过历史时光的隧道，冲破重重云遮雾障，发出璀璨的光芒。2008年国际金融危机的爆发也是一个有力的证明，马克思令人震惊地预见了全球化的性质及后果。马克思的英名和事业永垂不朽！

## 八十三　1941年12月7日——一个遗臭万年的日子

罗斯福（美国）

1941年12月8日

副总统先生、议长先生、参众两院各位议员：

昨天，1941年12月7日——一个遗臭万年的日子——美利坚合众国遭到了日本帝国海空军部队突然和蓄谋的进攻。

合众国当时同该国处于和平状态，而且，根据日本的请求，当时仍在同该国政府和该国天皇进行着对话，对于维护太平洋的和平有所期待。实际上，就在日本空军中队已经开始轰炸美国瓦胡岛之后一小时，日本驻合众国大使及其同事还向我们国务卿提交了对美国最近致日方的信函的正式答复。虽然复函声言继续现行外交谈判似已无用，它并未包含有关战争或武装进攻的威胁或暗示。

应该记录在案的是：由于夏威夷同日本的距离，这次进攻显然是许多天乃至若干星期以前就已蓄意进行了策划的。在策划的过程之中，日本政府通过虚伪的声明和表示希望维系和平而蓄意对合众国进行了欺骗。

昨天对夏威夷群岛的进攻，给美国海陆军部队造成了严重的损害。我遗憾地告诉各位，很多美国人丧失了生命。此外，据报，美国船只在旧金山和火奴鲁鲁之间的公海上遭到了鱼雷袭击。

昨天，日本政府已发动了对马来亚的进攻。

昨夜，日本军队进攻了香港。

昨夜，日本军队进攻了关岛。

昨夜，日本军队进攻了菲律宾群岛。

昨夜，日本人进攻了威克岛。

今晨，日本人进攻了中途岛。

因此，日本在整个太平洋区域采取了突然的攻势。昨天和今天的事实不言自明。合众国的人民已经形成了自己的见解，并且十分清楚这关系到我们国家的安全和生存的本身。

作为陆海军总司令，我已指示，为了我们的防务采取一切措施。

但是，我们整个国家都将永远记住这次对于我们进攻的性质。

不论要用多长的时间才能战胜这次预谋的入侵，美国人民以自己的正义力量一定要赢得绝对的胜利。

我现在断言，我们不仅要作出最大的努力来保卫我们自己，我们还将确保这种形式的背信弃义永远不会再危及我们。我这样说，相信是表达了国会和人民的意志。

敌对行动已经存在。无庸讳言，我国人民，我国领土和我国利益都处于严重危险之中。

信赖我们的武装部队——依靠我国人民的坚定决心——我们将取得必然的胜利——上帝助我！

我要求国会宣布：自1941年12月7日——星期日日本进行无缘无故和卑鄙怯懦的进攻时起，合众国和日本帝国之间已处于战争状态。

## 赏　析

罗斯福（1882—1945），美国著名政治家，曾连续四次当选美国总统。在第二次世界大战中，他是世界反法西斯阵营的重要领袖之一。1941年12月7日清晨，日本偷袭美国海军基地珍珠港，使美国太平洋舰队几乎全军覆没。本篇即为罗斯福在接获上述事件的初步消息后，于1941年12月8日赴国会山向参众两院联席会议所发表的演讲。

干练强悍的政治家的演说，几乎无一例外都是简练干脆的。这当然首先是因为其演说辞是其"人格"与"文格"的统一；其次，其政治活动与政治行为也对演说风格产生一定影响。

演说的"艺术效果"的第一个"价值实现",就是它必定会产生出一种"力量感"。现在我们所"看"到的罗斯福的这篇演说辞,其上述的"力量感"甚至能够让我们"听"出来。而其中的排比句式与果断语气,更是这篇演说辞的艺术精华。

# 八十四　我有一个梦想

马丁·路德·金（美国）

1963 年 8 月 28 日

100 年前,一位伟大的美国人签署了解放黑奴宣言,今天我们就是在他的雕像前集会。这一庄严宣言犹如灯塔的光芒,给千百万在那摧残生命的不义之火中受煎熬的黑奴带来了希望。它之到来犹如欢乐的黎明,结束了束缚黑人的漫漫长夜。

然而 100 年后的今天,我们必须正视黑人还没有得到自由这一悲惨的事实。100 年后的今天,在种族隔离的镣铐和种族歧视的枷锁下,黑人的生活备受压榨。100 年后的今天,黑人仍生活在物质充裕的海洋中一个穷困的孤岛上。100 年后的今天,黑人仍然萎缩在美国社会的角落里,并且意识到自己是故土家园中的流亡者。今天我们在这里集会,就是要把这种骇人听闻的情况公诸于众。

就某种意义而言,今天我们是为了要求兑现诺言而汇集到我们国家的首都来的。我们共和国的缔造者草拟宪法和独立宣言的气壮山河的词句时,曾向每一个美国人许下了诺言。他们承诺给予所有的人以生存、自由和追求幸福的不可剥夺的权利。

就有色公民而论,美国显然没有实践她的诺言。美国没有履行这项神圣的义务,只是给黑人开了一张空头支票,支票上盖着"资金不足"的戳子后便退了回来。但是我们不相信正义的银行已经破产。我们不相信,在这个国家巨大的机会之库里已没有足够的储备。因此今天我们要求将支票兑现——这张支票将给予我们宝贵的自由和正义的保障。

我们来到这个圣地也是为了提醒美国,现在是非常急迫的时刻。现在决非奢谈冷静下来或服用渐进主义的镇静剂的时候。现在是实现民主的诺言的时候。现在是从种族隔离的荒凉阴暗的深谷攀登种族平等的光明大道的时候。现在是向上帝所有的儿女开放机会之门的时候。现在是把我们的国家从种族不平等的流沙中拯救出来,置于兄弟情谊的磐石上的时候。

如果美国忽视时间的迫切性和低估黑人的决心,那么,这对美国来说,将是致命伤。自由和平等的爽朗秋天如不到来,黑人义愤填膺的酷暑就不会过去。1963 年并不意味着斗争的结束,而是开始。有人希望,黑人只有撒撒气就会满足;如果国家安之若素,毫无反应,这些人必会大失所望的。黑人得不到公民的权利,美国就不可能有安宁或平静。正义的光明的一天不到来,叛乱的旋风就将继续动摇这个国家的基础。

但是对于等候在正义之宫门口的心急如焚的人们，有些话我是必须说的。在争取合法地位的过程中，我们不要采取错误的做法。我们不要为了满足对自由的渴望而抱着敌对和仇恨之杯痛饮。我们斗争时必须永远举止得体，纪律严明。我们不能容许我们的具有崭新内容的抗议蜕变为暴力行动。我们要不断地升华到以精神力量对付物质力量的崇高境界中去。

现在黑人社会充满着了不起的新的战斗精神，但是我们却不能因此而不信任所有的白人。因为我们的许多白人兄弟已经认识到，他们的命运与我们的命运是紧密相连的，他们今天参加游行集会就是明证。他们的自由与我们的自由是息息相关的。我们不能单独行动。

当我们行动时，我们必须保证向前进。我们不能倒退。现在有人问热心民权运动的人，"你们什么时候才能满足？"

只要黑人仍然遭受警察难以形容的野蛮迫害，我们就绝不会满足。

只要我们在外奔波而疲乏的身躯不能在公路旁的汽车旅馆和城里的旅馆找到住宿之所，我们就绝不会满足。

只要黑人的基本活动范围只是从少数民族聚居的小贫民区转移到大贫民区，我们就绝不会满足。

只要密西西比仍然有一个黑人不能参加选举，只要纽约有一个黑人认为他投票无济于事，我们就绝不会满足。

不！我们现在并不满足，我们将来也不满足，除非正义和公正犹如江海之波涛，汹涌澎湃，滚滚而来。

我并非没有注意到，参加今天集会的人中，有些受尽苦难和折磨；有些刚刚走出窄小的牢房；有些由于寻求自由，曾在居住地惨遭疯狂迫害的打击，并在警察暴行的旋风中摇摇欲坠。你们是人为痛苦的长期受难者。坚持下去吧，要坚决相信，忍受不应得的痛苦是一种赎罪。

让我们回到密西西比去，回到亚拉巴马去，回到南卡罗来纳去。回到佐治亚去，回到路易斯安那去，回到我们北方城市中的贫民区和少数民族居住区去，要心中有数，这种状况是能够也必将改变的。我们不要陷入绝望而不可自拔。

朋友们，今天我对你们说，在此时此刻，我们虽然遭受种种困难和挫折，我仍然有一个梦想。这个梦想是深深扎根于美国的梦想中的。

我梦想有一天，这个国家会站立起来，真正实现其信条的真谛："我们认为这些真理是不言而喻的：人人生而平等。"

我梦想有一天，在佐治亚的红山上，昔日奴隶的儿子将能够和昔日奴隶主的儿子坐在一起，共叙兄弟情谊。

我梦想有一天，甚至连密西西比州这个正义匿迹，压迫成风，如同沙漠般的地方，也将变成自由和正义的绿洲。

我梦想有一天，我的四个孩子将在一个不是以他们的肤色，而是以他们的品格优劣来评价他们的国度里生活。

我今天有一个梦想。

我梦想有一天，亚拉巴马州能够有所转变，尽管该州州长现在仍然满口异议，反对联邦法令，但有朝一日，那里的黑人男孩和女孩将能与白人男孩和女孩情同骨肉，携手并进。

我今天有一个梦想。

我梦想有一天，幽谷上升，高山下降，坎坷曲折之路成坦途，圣光披露，满照人间。

这就是我们的希望。我怀着这种信念回到南方。有了这个信念，我们将能从绝望之岭劈出一块希望之石。有了这个信念，我们将能把这个国家刺耳的争吵声，改变成为一支洋溢手足之情的优美交响曲。

有了这个信念，我们将能一起工作，一起祈祷，一起斗争，一起坐牢，一起维护自由。因为我们知道，终有一天，我们是会自由的。

在自由到来的那一天，上帝的所有儿女们将以新的含义高唱这支歌："我的祖国，美丽的自由之乡，我为您歌唱。您是父辈逝去的地方，您是最初移民的骄傲，让自由之声响彻每个山冈。"

如果美国要成为一个伟大的国家，这个梦想必须实现。让自由之声从新罕布什尔州的巍峨峰巅响起来！让自由之声从纽约州的崇山峻岭响起来！让自由之声从宾夕法尼亚州阿勒格尼山的顶峰响起来！

让自由之声从科罗拉多州冰雪覆盖的洛基山响起来！让自由之声从加利福尼亚州蜿蜒的群峰响起来！不仅如此，还要让自由之声从佐治亚州的石岭响起来！让自由之声从田纳西州的了望山响起来！

让自由之声从密西西比的每一座丘陵响起来！让自由之声从每一片山坡响起来。

当我们让自由之声响起来，让自由之声从每一个大小村庄、每一个州和每一个城市响起来时，我们将能够加速这一天的到来，那时，上帝的所有儿女，黑人和白人，犹太教徒和非犹太教徒，耶稣教徒和天主教徒，都将手携手，合唱一首古老的黑人灵歌："终于自由啦！终于自由啦！感谢全能的上帝，我们终于自由啦！"

## 赏 析

马丁·路德·金（1929—1968），美国黑人民权运动领袖，牧师，曾获神学博士学位。1954 年起参加美国有色人种协会活动。1955 年发动抵制种族隔离运动。1957 年当选南方基督教领袖会议主席。1958 年在南方组织大规模集会，号召黑人争取公民权利。1963 年领导了有 25 万人参加的"向华盛顿进军"的示威游行集会。1964 年迫使约翰逊总统签署民权法案。他一贯主张并奉行非暴力主义，曾多次被捕。1968 年组织"贫民进军"时，被种族主义分子杀害。

本篇是他 1963 年在华盛顿林肯纪念堂群众集会上所发表的演说辞。他的这次演讲，至今牢牢地留在人们的记忆中。听到这次演讲和读到这篇演说辞的人，都不可能不被它打动。

它是恳切的，但也是强烈的；是委婉的，但也是愤怒的；是柔和的，但也是刚硬的。它没有采取完全外露的、咄咄逼人的、正面戳指式的形态，而是较为内敛、较为节制、从侧面切入地进行表达。作者站在民主、自由、公平、正义的道德制高点，从头到尾采取了连珠炮式的排比句群，把自己斗争的目标、决心、理想、信念，表达得淋漓尽致；同时他使客观冷静的态度与强烈的主观感情的抒发达到了高度的统一与和谐，从而使自己那以"我有一个梦想"为主题的诗一般的述说，变成了一种具有高强度、高韧性的精神力量的展示。这篇演讲的真正动人之处即在于此：演讲者美好的理想与坚韧的人格力量，使他的每一个字都成为力与美的证明。斗争可以受挫，但其巨大的感召力与影响力却将永存！

# 八十五　美丽的微笑与爱心

### 特蕾莎（印度）

穷人是非常了不起的人。一天晚上，我们外出，从街上带回了四个人，其中一个生命岌岌可危。我告诉修女们说："你们照料其他三个，这个濒危的人就由我来照顾了。"这样，我为她做了我的爱所能做的一切。我将她放在床上，她的脸上露出了如此美丽的微笑。她握着我的手，只说了句"谢谢您"就死了。

我情不自禁地在她面前审视起自己的良知来。我问自己：如果我是她的话，会说些什么呢？答案很简单，我会尽量引起旁人对我的关注，我会说我饥饿难忍，冷得发抖，奄奄一息，痛苦不堪，诸如此类的话。但是她给我的却多得多——她给了我她的感激之情。她死了，脸上却带着微笑。我们从排水道带回的那个男子也是如此。当时，他几乎全身都快被虫子吃掉了，我们把他带回了家。"在街上，我一直像个动物一样地活着，但我将像个天使一样地死去，有人爱，有人关心。"真是太好了，我看到了他的伟大之处，他竟能说出那样的话。他那样地死去，不责怪任何人，不诅咒任何人，无欲无求。像天使一样——这便是我们的人民的伟大之所在。因此我们相信耶稣所说的话——我饥肠辘辘——我衣不蔽体——我无家可归——我不为人所要，不为人所爱，也不为人所关心——然而，你却为我做了这一切。

我想，我们算不上真正的社会工作者。在人们的眼中，或许我们是在做社会工作，但实际上，我们只是世界中心的修行者。因为，一天 24 小时，我们都在触摸基督的圣体……我想，在我们的大家庭里，我们不需要枪支和炮弹来破坏和平或带来和平——我们只需要团结起来，彼此相爱，将和平、欢乐以及灵魂的活力带回家庭。这样，我们就能战胜世界上现存的一切邪恶。

我准备以我所获得的诺贝尔和平奖奖金为那些无家可归的人们建立自己的家园。因为我相信，爱源自家庭。如果我们能为穷人建立家园，我想爱便会传播得更广。而且，我们将通过这种宽容博大的爱而带来和平，给穷人带来福音，这些穷人首先是我们自己家里的穷人，其次是我们国家和世界上的穷人。为了做到这一点，姐妹们，我们的生活就必须与祷告紧紧相连，必须同基督结合一体，这样才能互相体谅，共同分享。因为同基督结合一体就意味着互相体谅，共同分享。因为在今天的世界上仍有如此多的苦难存在……当我从街上带回一个饥肠辘辘的人时，给他一盘米饭，一片面包，我就心满意足了，因为我已经驱除了他的饥饿。但是，如果一个人露宿街头，感到不为人所要，不为人所爱，惶恐不安，被社会抛弃——这样的贫困让人心痛，如此令人无法忍受……因此，让我们总是以微笑相见，因为微笑就是爱的开端，一旦我们开始彼此自然地相爱，我们就会想着为对方做点什么了。

## 赏　析

特蕾莎（1910—1997），印度著名的慈善工作者，"仁爱传教修女会"的创始人。1979 年被授予诺贝尔和平奖。诺贝尔奖评选委员会认为她的特点是："尊重人，尊重他或她的尊严和生来就有的价值。最孤独的人、最可怜的人和快要死的人都得到她的同情，而这种同情不是以恩赐的态度，而是以对人的尊重为基础的。"本文即她在 1979 年在领取诺贝尔和平奖时的演讲辞。

本篇演讲辞语言质朴，所举事例听来似乎平凡至极，然而其中所蕴舍的伟大而神圣的爱却感人至深。读了这篇演讲辞，让我们记住这一点：没有人不需要关爱，我们需要微笑，尤其在很困难的时候，更需要微笑，因为微笑就是爱的开端，一旦我们开始去爱，我们就会想着为对方做点什么了。

## 八十六　种族隔离制度绝无前途

曼德拉（南非）

1990 年 2 月 11 日

朋友们，同志们，南非同胞们：

我以和平、民主和全人类自由的名义，向你们大家致敬。我不是作为一名预言家，而是作为你们的谦卑的公仆，作为人民的公仆，站在你们面前。

你们经过不懈的奋斗和英勇牺牲，使我有可能在今天站在这里，因此，我要把余生献给你们。

在我获得释放的今天，我要向千百万同胞，向全球各地为我的获释作出过不懈斗争的同胞，致以亲切的和最热烈的感谢。

今天，大多数南非人，无论黑人还是白人，都已认识到种族隔离制度绝无前途。为了确保和平与安全，我们必须依靠自己的声势浩大的决定性行动，来结束这种制度。我国各个团体和我国人民的大规模反抗运动和其他运动，终将导致、也只能导致民主制度的确立。

种族隔离制度给我们这片大陆造成了难以估量的破坏。成千上万个家庭的生活基础遭到了摧毁。成千上万人流离失所，无法就业。

我们的经济濒临崩溃，我们的人民卷入了政治冲突。我们在1960年采取了武装斗争方式，建立了非洲人国民大会的战斗组织——"民族之矛"，这纯属为反抗种族隔离制度的暴力而采取的自卫行动。

今天，必须进行武装斗争的种种原因依然存在。我们别无选择，只有继续进行武装斗争。我们希望，不久将能创造出一种有利于通过谈判解决问题的气氛，以便不再有必要开展武装斗争。

我是非洲人国民大会的忠诚的遵守纪律的一员。因此，我完全赞同它所提出的目标、战略和策略。

现在需要把我国人民团结起来，这是一项一如既往的重要任务。任何领导人，都无法独自承担起所有这些重任。作为领袖，我们的任务是向我们的组织阐明观点，并允许民主机制来决定前进的道路。

关于实行民主问题，我感到有责任强调一点：运动的领导人要由全国性会议通过民主选举而产生。这是一条必须坚持，毫无例外的原则。

今天，我希望能向大家通报：我同政府进行一系列会谈，其目的一直是使我国的政治局势正常化。我们还没有开始讨论斗争的基本要求。

我希望强调一下，除了坚持要求在非洲人国民大会和政府之间进行会晤以外，我本人从未就我国的未来问题同政府进行过谈判。

谈判还不能开始——谈判不能凌驾于我国人民之上，不能背着人民进行。我们的信念是，我国的未来只能由一个在不分肤色的基础上通过民主选举而产生的机构来决定。

要谈判消灭种族隔离制度问题，就必须正视我国人民的压倒一切的要求，即建立一个民主的、不分肤色的和统一的南非。白人垄断政权的状况必须结束。

还必须从根本上改造我国的政治制度和经济制度，以便使种族隔离制度造成的不平等问题得到解决，并保证我们的社会彻底实现民主化。

我们的斗争已经到了决定性时刻。我们呼吁人民要抓住这个时机，以便使民主进程迅速地、不间断地得到发展。我们等待自由等得太久了。我们不能再等了。现在是在各条战线上加强斗争的时候了。

现在放松努力将铸成大错，我们的子孙后代将不会原谅这个错误。地平线上萌现的自由奇观，应该能激励我们付出加倍的努力。只有通过有纪律的群众运动，胜利才有保障。

我们呼吁白人同胞加入我们的行列，来共同创造一个新南非。自由运动也是你们的政治归宿。我们呼吁国际社会继续采取行动，来孤立这个实行种族隔离制度的政府。

如果在目前取消对这个政府的制裁，彻底消灭种族隔离制度的进程就会有夭折的危险。我们向自由的迈进不可逆转。我们不应让畏惧挡住我们的道路。

由统一的、民主的和不分肤色的南非实行普选，是通向和平与种族和谐的唯一大道。

最后，我想回顾一下我在1964年受审时说过的话。这些话在当时和现在都一样千真万确。我说过：我为反对白人统治而斗争，也为反对黑人统治而斗争；我珍视民主和自由社会的理想，在这个社会中，人人和睦相处，机会均等。我希望为这个理想而生，并希望实现这个理想。但是如果需要，我也准备为这个理想而死。

## 赏　析

曼德拉，1918年出生，生于部落酋长家庭。南非著名的黑人领袖，南非总统。1961年6月南非非洲人国民大会（以下简称非国大）决定组建军事组织"民族之矛"，曼德拉任司令员，领导地下武装斗争。1962年8月被南非当局逮捕，判终身监禁。由于南非人民的斗争和世界人民的声援，在狱中度过27年之后，于1990年2月获释。不久被任命为非国大主席，此后当选南非总统。

本篇演讲辞是他出狱后的首次演讲，他全面阐述了非国大的政策，表达了与南非当局种族隔离政策斗争到底的决心，呼吁国际社会继续对南非当局实行制裁。演说追昔抚今，充满对同胞的感激和对人民的热爱之情，表达了建立一个种族和睦、和平、民主、自由新南非的政治理想。曼德拉博大的胸襟、高尚的品格和宽容的精神，促使南非人民团结起来，共同建设美好家园。曼德拉是南非人民的精神领袖，为世人所敬仰。

### 八十七　致大海

普希金（俄国）

再见吧，自由奔放的大海！
这是你最后一次在我的眼前，
翻滚着蔚蓝色的波浪，
和闪耀着娇美的容光。

好像是朋友的忧郁的怨诉，

好像是他在临别时的呼唤，
我最后一次在倾听，
你悲哀的喧响，你召唤的喧响。

你是我心灵的愿望之所在呀！
我时常沿着你的岸旁，
一个人静悄悄地、茫然地徘徊，
还因为那个隐秘的愿望①而苦恼心伤！

我多么热爱你的回音，
热爱你阴沉的声调，你的深渊的音响，
还有那黄昏时分的寂静，
和那反复无常的激情！

渔夫们的温顺的风帆，
靠了你的任性的保护，
在波涛之间勇敢地飞航；
但当你汹涌起来而无法控制时，
大群的船只就会覆亡。

我曾想永远地离开
你这寂寞和静止不动的海岸，
怀着狂欢之情祝贺你，
并任我的诗歌顺着你的波涛奔向远方，
但是我却未能如愿以偿！

你等待着，你召唤着……而我却被束缚住；
我的心灵的挣扎完全归于枉然：
我被一种强烈的热情所魅惑，
使我留在你的岸旁……

有什么好怜惜呢？现在哪儿
才是我要奔向的无忧无虑的路径？
在你的荒漠之中，有一样东西
它曾使我的心灵为之震惊。

那是一处峭岩，一座光荣的坟墓②……
在那儿，沉浸在寒冷的睡梦中的，
是一些威严的回忆：
拿破仑就在那儿消亡。

在那儿，他长眠在苦难之中。
而紧跟他之后，正像风暴的喧响一样，
另一个天才，又飞离我们而去，
他是我们思想上的另一位君王③。

为自由之神所悲泣着的歌者消失了，
他把自己的桂冠留在世上。
阴恶的天气喧腾起来吧，激荡起来吧：
哦，大海呀，是他曾经将你歌唱。

你的形象反映在他的身上，
他是用你的精神塑造成长：
正像你一样，他威严、深远而阴沉，
他像你一样，什么都不能使他屈服投降。

世界空虚了，大海洋呀，
你现在要把我带到什么地方？

人们的命运到处都是一样：
凡是有着幸福的地方，那儿早就有人在守卫：
或许是开明的贤者，或许是暴虐的君王。

哦，再见吧，大海！
我永不会忘记你庄严的容光，
我将长久地，长久地
倾听你在黄昏时分的轰响。

我整个心灵充满了你，
我要把你的峭岩，你的海湾，
你的闪光，你的阴影，还有絮语的波浪，
带进森林，带到那静寂的荒漠之乡。

## 【注　释】

①那个隐秘的愿望：指普希金想秘密逃到海外去。

②一座光荣的坟墓：指圣赫勒拿岛上拿破仑的坟墓。拿破仑在滑铁卢战败后被流放于该岛，1821年病死在那里。

③我们思想上的另一位君王：指英国大诗人拜伦，他因参加希腊的革命，于1824年4月间患寒热病而死。

## 赏析

普希金（1799—1837），俄国伟大诗人，俄罗斯现实主义文学的奠基人。18世纪和19世纪之交，是俄国社会急剧动荡、各种矛盾激化的时候，诗人的一生就是在这极其黑暗的历史时期度过的。他出生贵族，却成为俄国不平等社会制度的叛逆者和掘墓人。1820年普希金因写讽刺沙皇专制、歌颂自由的诗篇而被流放到南俄，这首诗就是他被流放期间创作的。这是一首对大海的庄严的颂歌，抒发了诗人在残酷专制下内心的苦闷和强烈的渴望自由、追求自由的激情，是一首著名的政治抒情诗。

在这首诗中，诗人把大海人格化，表露出诗人对于大海所召唤的自由之神的一种向往，使本诗具有强烈的时代感。诗人以高度的艺术概括力，反映了一个时代的精神，写出了人民的愿望、情绪和他们最关心的问题。他把自己对时代的感受，化为诗的语言，融合在大海的形象中，竭力渲染，达到了寓情于景和借景抒情的目的。诗人从内心的感觉出发来描写大海，并寄情于大海，使内在情感客观化，凭借外在的形象得到体现；又使客观景物主观化，使大海具有了人的灵性和性格，使人与自然天衣无缝地交融在一起。

由于诗人精湛的艺术技巧，读者在读这首诗时，会发现"我"和"大海"的形象已浑然不分，融为一体。可以说，这是人的命运的诗，是人与大海的合唱。

# 八十八　我愿意是急流

裴多菲（匈牙利）
1847 年 6 月

我愿意是急流，
山里的小河，
在崎岖的路上、
岩石上经过……
只要我的爱人
是一条小鱼，
在我的浪花中
快乐地游来游去。

我愿意是荒林，
在河流的两岸，
对一阵阵的狂风，
勇敢地作战……
只要我的爱人
是一只小鸟，
在我的稠密的
树枝间做窠，鸣叫。

我愿意是废墟，
在峻峭的山岩上，
这静默的毁灭
并不使我懊丧……
只要我的爱人
是青青的常春藤，
沿着我荒凉的额，
亲密地攀援上升。

我愿意是草屋，
在深深的山谷底，
草屋的顶上
饱受风雨的打击……

只要我的爱人
是可爱的火焰，
在我的炉子里，
愉快地缓缓闪现。

我愿意是云朵，
是灰色的破旗，
在广漠的空中
懒懒地飘来荡去，
只要我的爱人
是珊瑚似的夕阳，
傍着我苍白的脸，
显出鲜艳的辉煌。

### 赏 析

　　裴多菲（1823—1849），是匈牙利伟大的爱国诗人和民主主义革命战士，也是匈牙利民族文学的奠基人。1849年7月31日，他在反抗俄奥帝国军队侵略的战斗中英勇牺牲，年仅26岁。本篇是裴多菲写给他的未婚妻的著名的爱情诗。

　　全诗自然、清新，丝毫无造作之感。通篇用"我愿意是……只要我的爱人……"式结构回环连接，用排比的段落、连续的短句表达了丰富的内容。组组意象对比排列，其间又含暗喻，诗句一气呵成，给人耳目一新的感觉。急流、荒林、废墟、草屋、云朵和破旗等，或荒芜冷清，或凋敝残败，诗人以此喻自己；小鱼、小鸟、常春藤、火焰、夕阳等，或美好热情，或欢畅明丽，诗人以此喻心中的爱人，两者形成了鲜明的反差，流露出诗人的一腔赤诚。即：不管自身的处境多么险恶，命运怎样坎坷，只要同"我的爱人"在一起，只要"我的爱人"能够自由幸福，那么"我"也就"幸福着你的幸福"，就拥有战胜一切困难的力量。

　　本诗写出了诗人对爱情的执著和无怨无悔，以及牺牲自己、无私奉献的爱情观。

## 八十九　为记住这一点而欢欣鼓舞吧

泰戈尔（印度）

没有一个人长生不死，也没有一件东西永久存在。
兄弟，为记住这一点而欢欣鼓舞吧。
我们的一生不是一个古老的负担，我们的道路不是一条漫长的旅程。
一个独一无二的诗人不必唱一首古老的歌。花褪色了，凋零了，戴花的人却不必永远为它悲伤。

兄弟，为记住这一点而欢欣鼓舞吧。

一定要有完全的休止，才纺织成完美的音乐。为了沉溺在金色的阴影里，人生像夕阳沉落。一定要把爱情从嬉戏中唤回来饮烦恼的酒，一定要把它带到眼泪的天堂。

兄弟，为记住这一点而欢欣鼓舞吧。

我们赶紧采集繁花，否则繁花就要被路过的风蹂躏了。

攫取那迟一步就会消失的吻，使我们的血脉畅通，眼睛明亮。

我们的生活是热烈的，我们的欲望是强烈的，因为时间在敲着别离的丧钟。

兄弟，为记住这一点而欢欣鼓舞吧。

我们来不及把一件东西抓住，挤碎，而又弃之于尘土。

一个个时辰，把自己的梦藏在裙子里，迅速地消逝了。

我们的一生是短促的，一生只给我们几天恋爱的日子。

如果生命是为了艰辛劳役的话，那就无穷的长了。

兄弟，为记住这一点而欢欣鼓舞吧。

我们觉得美是甜蜜的，因为她同我们的生命依循着同样飞速的调子一起舞蹈。

我们觉得知识是宝贵的，因为我们永远来不及使知识臻于完善。

一切都是在永恒的天堂里做成和完成的。

然而，大地的幻想之花，是由死亡来永葆鲜艳的。

兄弟，为记住这一点而欢欣鼓舞吧！

## 赏 析

泰戈尔（1861—1941），印度作家、诗人、社会活动家。1913年，泰戈尔获得诺贝尔文学奖。代表作有《吉檀迦利》、《新月集》、《飞鸟集》等。泰戈尔被誉为印度的"良心"和"灵魂"。

读泰戈尔的诗，我们能感受到一个伟大诗人的阳光般的激情，诗人是纯净的，伟大诗人具有伟大的纯净。这首诗告诉我们，人的一生是短促的，只有几天恋爱的日子，"要赶紧采集繁花，否则繁花就要被路过的风蹂躏了"。"一定要有完全的休止，才纺织成完美的音乐。""大地的幻想之花，是由死亡来永葆鲜艳的。"诗人对生命、人生、生与死的问题想得多么深刻、透彻、豁达、激情。全诗形"散"而思想火花迸出，通篇都是名言警句，让我们感受到一位伟大诗人丰富而高尚的心灵和语言才华。

没有人能参透生死，我们能理解的，只是过好每一天。如果可以珍惜并充分利用每分每秒的话，那么，我们就几乎比别人多活了一世。

## 九十　怎样活着

德谟克利特（古希腊）

卑劣地、愚蠢地、放纵地、邪恶地活着，与其说是活得不好，不如说是慢性死亡。

追求对灵魂好的东西，是追求神圣的东西；追求对肉体好的东西，是追求凡俗的东西。

应该做好人，或者向好人学习。

使人幸福的并不是体力和金钱，而是正直和公允。

在患难时忠于义务，是伟大的。

害人的人比受害的人更不幸。

做了可耻的事而能追悔，就挽救了生命。

不学习是得不到任何技艺、任何学问的。

蠢人活着却尝不到人生的愉快。

医学治好身体的毛病，哲学解除灵魂的烦恼。

智慧生出三种果实：善于思考，善于说话，善于行动。

人们在祈祷中恳求神赐给他们健康，却不知道自己正是健康的主宰。他们的无节制戕害着健康，他们放纵情欲，自己背叛了自己的健康。

通过对享乐的节制和对生活的协调，才能得到灵魂的安宁。缺乏和过度惯于变换位置，将引起灵魂的大骚动。摇摆于这两个极端之间的灵魂是不安宁的。因此应当把心思放在能够办到的事情上，满足于自己可以支配的东西。不要光是看着那些被嫉妒、被羡慕的人，思想上跟着那些人跑。倒是应该将眼光放到生活贫困的人身上，想想他们的痛苦，这样，就会感到自己的现状很不错、很值得羡慕了，就不会老是贪心不足，给自己的灵魂造成苦恼。因为一个人如果羡慕财主，羡慕那些被认为幸福的人，时刻想着他们，就会不由自主地不断做出愚蠢的事情，由于贪得无厌，终于做出无可挽救的犯法行为。因此，不应该贪图那些不属于自己的东西，而应该满足于自己所有的东西，将自己的生活与那些更不幸的人比一比。想想他们的痛苦，你就会庆幸自己的命运比他们的好了。采取这种看法，就会生活得更安宁，就会驱除掉生活中的几个恶煞：嫉妒、眼红、不满。

德谟克利特（约公元前460—约公元前370），古希腊哲学家。出生于希腊北部的阿布德拉，他的父亲在当地是一位很有资产和地位的人。德谟克利特从小就好学，据说，他占据了自家花园里的一间小屋，整天面壁苦读。一天，他父亲到了他那里，并且牵走了一头供献祭的小牛，他竟一点也没有察觉。他一心想探求真理，而把钱财看得很轻。他在与弟兄分家时，两个弟兄考虑到他急需现钱以便出外游历，学习各种知识，就划出最少的一份财产和部分现钱，让他选择，他果真选择了这一份，并且把它花费在游历上面。

有一则非常著名的轶事说，德谟克利特弄瞎了自己的眼睛，以免感性的目光蒙蔽他理智的敏锐。还有一种说法是，德谟克利特用强光照瞎了自己的眼睛，是因为看到那么多的美女，但因自己年迈而无法去爱她们。

文如其人，我们只从作者的生平轶事中就可以理解本文中"怎样活着"的涵义，洞察人生的真谛。古希腊的哲人说："聪明不是智慧。"人生需要大智慧，而驱除掉生活中的几个恶煞：嫉妒、眼红、不满，通过对享乐的节制和对生活的协调，才能得到生命的永恒和灵魂的安宁，这是一种大智慧。这位两千多年前的智者的话，在今天还有发人深省的警示作用。

# 九十一　致巴特雷上尉的信

维克多·雨果（法国）

先生，你征求我对远征中国的看法。你认为这次远征行动干得体面而漂亮。你如此重视我的想法，真是太客气了。在你看来，这次在维多利亚女王和拿破仑皇帝旗号下进行的远征中国的行动是法兰西和英格兰共享之荣耀。你希望知道我认为可在多大程度上对英法的这一胜利表示赞同。

既然你想知道，那么下面就是我的看法：

在地球上某个地方，曾经有一个世界奇迹，它的名字叫圆明园。艺术有两个原则：理念和梦幻。理念产生了西方艺术，梦幻产生了东方艺术。如同巴黛农①是理念艺术的代表一样，圆明园是梦幻艺术的代表。它汇集了一个民族的几乎是超人类的想象力所创作的全部成果。与巴黛农不同的是，圆明园不但是一个绝无仅有、举世无双的杰作，而且堪称梦幻艺术之崇高典范——如果梦幻可以有典范的话。你可以去想象一个你无法用语言描绘的、仙境般的建筑，那就是圆明园。这梦幻奇景是用大理石、汉白玉、青铜和瓷器建成，雪松木作梁，以宝石点缀，用丝绸覆盖；祭台、闺房、城堡分布其中，诸神众鬼就位于内；彩釉熠熠，金碧生辉；在颇具诗人气质的能工巧匠创造出天方夜谭般的仙境之后，再加上花园、水池及水雾弥漫的喷泉、悠闲信步的天鹅、白鹭和孔雀。一言以蔽之：这是一个以宫殿、庙宇形式表现出的充满人类神奇幻想的、夺目耀眼的洞府。这就是圆明园。它是靠两代人的长期辛劳才问世的。这座宛如城市、跨世纪的建筑是为谁而建？是为世界人民。因为历史的结晶是属于全人类的。世界上的艺术家、诗人、哲学家都知道有个圆明园，伏尔泰现在还提起它。人们常说，希腊有巴黛农，埃及有金字塔，罗马有竞技场，巴黎有巴黎圣母院，东方有圆明园。尽管有人不曾见过它，但都梦想着它。这是一个震撼人心的、尚不被外人熟知的杰作，就像在黄昏中，从欧洲文明的地平线上看到的遥远的亚洲文明的倩影。

这个奇迹现已不复存在。

一天，两个强盗走进了圆明园，一个抢掠，一个放火。可以说，胜利是偷盗者的胜利，两个胜利者一起彻底毁灭了圆明园。人们仿佛又看到了因将巴黛农拆运回英国而臭名远扬的埃尔金②的名字。

当初在巴黛农所发生的事情又在圆明园重演了，而且这次干得更凶、更彻底，以至于片瓦不留。我们所有教堂的所有珍品加起来也抵不上这座神奇无比、光彩夺目的东方博物馆。那里不仅有艺术珍品，而且还有数不胜数的金银财宝。多么伟大的功绩！多么丰硕的意外横财！这两个胜利者一个装满了口袋，另一个装满了钱柜，然后勾肩搭背，眉开眼笑地回到了欧洲。这就是两个强盗的故事。

我们欧洲人自认为是文明人，而在我们眼里，中国人是野蛮人，可这就是文明人对野蛮人的所作所为。

在历史面前，这两个强盗分别叫做法兰西和英格兰。但我要抗议，而且我感谢你给我提供了这样一个机会。统治者犯的罪并不是被统治者的错，政府有时会成为强盗，但人民永远也不会。

法兰西帝国将一半战利品装入了自己的腰包，而且现在还俨然以主人自居，

炫耀从圆明园抢来的精美绝伦的古董。我希望有一天，法兰西能够脱胎换骨，洗心革面，将这不义之财归还给被抢掠的中国。

在此之前，我谨作证：发生了一场偷盗，作案者是两个强盗。

先生，这就是我对远征中国的赞美之辞。

维克多·雨果

1861 年 11 月 25 日于欧特维尔—豪斯

## 【注 释】

①巴黛农：位于希腊雅典的一座神庙，是一座艺术价值很高的建筑，有许多精美的廊柱和石雕。

②埃尔金：埃尔金父子是臭名远扬的英国殖民主义者。老埃尔金（托马斯·布鲁斯）曾参与毁坏巴黛农神庙，掠走其中石雕；小埃尔金（詹姆斯·布鲁斯）是下令火烧圆明园的英军头领。

## 赏 析

维克多·雨果（1802—1885），法国浪漫主义文学的代表人物。其代表作有《巴黎圣母院》、《悲惨世界》、《九三年》等，雨果在世界文学史上有着重要地位。

圆明园位于北京西郊，为清朝皇帝的离宫，从康熙元年起历时 150 余年才将其建成。它集中了中西建筑和园林艺术的精华，藏有无数极为珍贵的宝物、典籍和历史文物，是一座罕见的文化宝库，堪称"万园之园"。1860 年 10 月，英法联军在这里疯狂地抢劫了 3 天，最后纵火焚烧了圆明园。

雨果在本文中热情地描绘和讴歌了东方艺术的杰出代表——中国的圆明园，以一个作家的良知毫不留情地揭露和鞭挞了掠夺和毁灭圆明园的英法侵略者，充分表现了作者主持正义、坚持真理、热爱艺术、旗帜鲜明地与邪恶势力斗争的大无畏精神。这是一封书信，也是一篇有文艺色彩的议论文。它兼有政论语体和文艺语体的特点，充分体现了作者驾驭语言的高超技巧。学习本文时，应通过反复诵读，认真体会这种语言风格。

# 九十二　论求知

培　根（英国）

求知可以作为消遣，可以作为装饰，也可以增长才干。

当你孤独寂寞时，阅读可以消遣。当你高谈阔论时，知识可供装饰。当你处世行事时，正确运用知识意味着力量。懂得事物因果的人是幸福的。有实际经验的人虽能够办理个别性的事务，但若要综观整体，运筹全局，却唯有掌握知识方能办到。

求知太慢会弛惰，为装潢而求知是自欺欺人，完全照书本条条办事会变成偏执的书呆子。

求知可以改进人的天性，而实验又可以改进知识本身。人的天性犹如野生的花草，求知学习好比修剪移栽。实习尝试则可检验修正知识本身的真伪。

狡诈者轻鄙学问，愚鲁者羡慕学问，唯聪明者善于运用学问。知识本身并没有告诉人怎样运用它，运用的方法乃在书本之外。这是一门技艺，不经实验就不能学到。不可专为挑剔辩驳去读书，但也不可轻易相信书本。求知的目的不是为了吹嘘炫耀，而应该是为了寻找真理，启迪智慧。

有的知识只须浅尝，有的知识只要粗知。只有少数专门知识需要深入钻研，仔细揣摩。所以，有的书只要读其中一部分，有的书只须知其中梗概即可，而对于少数好书，则要精读，细读，反复地读。有的书可以请人代读，然后看他的笔记摘要就行了。但这只限于质量粗劣的书。否则一本好书将像已被蒸馏过的水，变得淡而无味了！

读书使人的头脑充实，讨论使人明辨是非，做笔记则能使知识精确。

因此，如果一个人不愿做笔记，他的记忆力就必须强而可靠。如果一个人只愿孤独探索，他的头脑就必须格外锐利。如果有人不读书又想冒充博学多知，他就必定很狡黠，才能掩饰他的无知。

读史使人明智，读诗使人聪慧，演算使人精密，哲理使人深刻，伦理学使人有修养，逻辑修辞使人善辩。总之，"知识能塑造人的性格"。

不仅如此，精神上的各种缺陷，都可以通过求知来改善——正如身体上的缺陷，可以通过运动来改善一样。例如打球有利于腰肾，射箭可扩胸利肺，散步则有助于消化，骑术使人反应敏捷，等等。同样，一个思维不集中的人，他可以研习数学，因为数学稍不仔细就会出错。缺乏分析判断力的人，他可以研习经院哲学，因为这门学问最讲究繁琐辩证。不善于推理的人，可以研习法律学，如此等等。这种种头脑上的缺陷，都可以通过求知来疗治。

## 赏　析

培根（1561—1626），英国哲学家、英国唯物主义的始祖，并且是对近代科学发展有过重大影响的人。

活到老，学到老，是人人尽知的古训，而求知欲是人们学习的动力。人们求知是为了弥补自己各个方面的不足，克服妨碍自己进步的缺点，提高自己处事的能力，从而使自己在现实生活中更有竞争力。一个民族拥有了求知欲，便能使自己的国家长盛不衰。

不同的求知欲将从不同的方面改变一个人。正如文章中说的一样："读史使人明智，读诗使人聪慧，演算使人精密，哲理使人深刻。"求知可以提高一个人的修养，它可以使人的大脑变得充实，使人的肌体变得有活力，使人的思想变得不再陈旧。全文深入浅出，把抽象的求知欲落在人们的实际生活之中，使深奥的哲理，更易于让人们理解。文章按"求知目的—求知方法—知识作用"三个部分论述，层次分明，文字洗练，说理透彻，全篇充满警句名言。

## 九十三　体育颂

顾拜旦（法国）

啊，体育，天神的欢娱，生命的动力。你猝然降临在灰蒙蒙的林间空地，苦难的人激动不已。你是容光焕发的使者，向暮年人微笑致意。你像高山之巅出现的晨曦，照亮了昏暗的大地。

啊，体育，你就是美丽！你塑造的人体，变得高尚还是卑鄙，要看它是被可耻的欲望引向堕落，还是由健康的力量悉心培育。没有匀称协调，更谈不上什么美丽。你的作用无与伦比，可使人体运动富有节律，使动作变得优美，柔中含有刚毅。

啊，体育，你就是正义！你体现了社会生活中追求不到的公平合理，任何人不可超过速度一分一秒，逾越高度一分一厘，取得成功的关键，只能是体力与精神融为一体。

啊，体育，你就是勇气！肌肉用力的全部含义是敢于搏击。若不为此，敏捷强健有何用？肌肉发达有何益？我们所说的勇气，不是冒险家押上全部赌注似的蛮干，而是要经过慎重的深思熟虑。

啊，体育，你就是荣誉！荣誉的赢得要公正无私，反之则变得毫无意义。有人耍弄见不得人的诡计，以此达到欺骗同伴的目的，但他内心深处却受着耻辱的绞缢。有朝一日被人识破，就会落得名声扫地。

啊，体育，你就是乐趣！想起你，内心充满喜欢，血液循环加剧，思路更加开阔，条理愈加清晰。你可使忧伤的人散心解闷，你可使快乐的人生活更加甜蜜。

啊，体育，你就是培育人类的沃地。你通过最直接的途径，增强民族体质，矫正畸形躯体，防病患于未然，使运动员得到启迪：希望后代长得茁壮有力，继往开来，夺取桂冠的胜利。

啊，体育，你就是进步！为人类的日新月异，身体和精神的改善要同时抓起。你规定良好的生活习惯，要求人们对过度行为引起警惕。你告诫人们遵守规则，发挥人类最大的能力而又无损健康的肌体。

啊，体育，你就是和平！你在各民族间建立愉快的联系。你在有节制、有组织、有技艺的体力较量中产生，使全世界的青年学会相互尊重和学习，使不同民族特质成为高尚而和平竞赛的动力。

顾拜旦（1863—1937），法国著名教育家、社会活动家，现代奥林匹克运动创始人，被国际上誉为"奥林匹克之父"，是 1896—1925 年奥林匹克运动委员会主席，并设计了奥运会会徽、会旗。

奥运会起源于古代希腊的奥林匹克竞技会，与举行宙斯神大祭有关。该竞技会自公元前 776 年起，每四年召开一次，对优胜者奖以橄榄花环。竞技期间，全希腊"神圣休战"。此项运动于公元 394 年遭入侵希腊的罗马皇帝禁止，中断了 1500 多年。后来，经过法国人顾拜旦的倡议和努力奔走，公元 1896 年，奥运会又在雅典恢复了。如今，奥运会已经成为全世界瞩目的体育盛会，来自世界各国的运动员们汇集在运动场上，向着"更高、更快、更强"的目标竞争拼搏，奥运会又成为人类和平友谊的盛会。本文于 1912 年斯德哥尔摩第五届奥林匹克运动会文艺竞赛中获金质奖，当时作者用德文笔名发表。

本文语言自然、清新，通篇用"啊，体育，你就是……"句式结构回环连接，以体育就是"动力、美丽、正义、勇气、荣誉、乐趣、进步、和平"等形容，一气呵成，唱响一曲高亢、激越的体育颂歌，激励人们积极参加体育运动，推进奥林匹克运动的伟大事业。"言为心声"，作者以诗一样的语言，饱满的体育激情，把自己的奥林匹克运动理念、精神、社会理想、意志力量、追求憧憬浓缩起来，以优美散文的形式奉献给人们。我们也可以这样认为：发表歌颂奥林匹克体育运动的文章，顾拜旦是最合适的人选。

# 九十四　要活在巨大希望中

池田大作（日本）

亚历山大大帝给希腊世界和东方的世界带来了文化的融合，开辟了一直影响到现在的丝绸之路的丰饶世界。据说他投入了全部青春的活力，出征波斯之际，曾将他所有的财产分给了臣下。

为了登上征伐波斯的漫长征途，他必须买进种种军需品如粮食等物，为此他需要巨额的资金。但他把从珍爱的财宝到他拥有的土地，几乎全部都给臣下分配光了。

群臣之一的庇尔狄迦斯深感奇怪，便问亚历山大大帝：

"陛下带什么启程呢？"

对此，亚历山大回答说：

"我只有一个财宝，那就是'希望'。"

据说，庇尔狄迦斯听了这个回答以后说："那么请允许我们也来分享它吧。"于是他谢绝了分配给他的财产，而且臣下中的许多人也仿效了他的做法。

我的恩师，户田城圣创价学会第二代会长，经常向我们这些青年说："人生不能无希望，所有的人都是生活在希望当中的。假如真的有人是生活在无望的人生当中，那么他只能是败者。"

人很容易遇到些失败或障碍，于是悲观失望，挫折下去，或在严酷的现实面前，失掉活下去的勇气，或怨恨他人，结果落得个唉声叹气、牢骚满腹。其实，身处逆境而不丢掉希望的人，肯定会打开一条活路，在内心里也会体会到真正的人生欢乐。

保持"希望"的人生是有力的。失掉"希望"的人生，则通向失败之路。"希望"是人生的力量，在心里一直抱着美"梦"的人是幸福的。也可以说抱有"希望"活下去，是只有人类才被赋予的特权。只有人，才由其自身产生出面向未来的希望之"光"，才能创造自己的人生。

在人生这个征途中，最重要的既不是财产，也不是地位，而是在自己胸中像火焰一般熊熊燃起的信念，即"希望"。因为那种毫不计较得失、为了巨大希望而活下去的人，肯定会生出勇气，不畏困难，肯定会激发出巨大的激情，开始闪烁出洞察现实的睿智之光。只有睿智之光与时俱增、终生怀有希望的人，才是具有最高信念的人，才会成为人生的胜利者。

## 赏　析

池田大作，1928 年出生，国际创价学会会长，日本著名的佛教思想家、作家、教育家、社会活动家、世界文化名人，1983 年获联合国和平奖。池田出生在东京一个以紫菜业为生的贫穷家庭，自幼体弱多病，还染上足可致命的肺结核。池田在第二次世界大战的烟火中度过他的少年时期。他的大哥在缅甸战场中丧生。失去长兄的悲痛，以及目睹战争所带来的种种悲惨，使池田对生活有更深刻的认识。

生活中不顺心的事情十有八九，但每个人都应该心怀希望，对自己抱希望，相信自己，才能不受外界干扰，始终如一地坚持自己的目标和信念。希望每个处于混沌状态或开始怀疑自己的人，让自己清醒，奋斗的过程可能会有痛苦、曲折，但是无论何时都不能熄灭心中的希望之火，没有希望也就没有了动力。当今社会日益残酷的竞争，往往会使人觉得前途渺茫，尤其是像我们这些还没有真正走入社会的学子，未来的人生之路，一切都是未知。然而就像文中所说的，怀有希望，满怀信念，才能激发巨大的激情与动力。也许我们会碰到很多不如意的事，但只要怀有希望，拥有一颗坚强和睿智的心，才会成为人生的胜利者，体会到真正的欢乐。

## 九十五  假若给我三天光明（节选）

海伦·凯勒（美国）

我们谁都知道自己难免一死，但是这一天的到来，似乎遥遥无期。当然，人们要是健康无恙，谁又会想到它，谁又会整日惦记着它。于是便饱食终日，无所事事。

有时我想，要是人们把活着的每一天都看作是生命的最后一天该有多好啊！这就能更显出生命的价值。如果认为岁月还相当漫长，我们的每一天就不会过得那样有意义，有朝气，我们对生活就不会总是充满热情。

我们对待生命如此怠倦，在对待自己的各种天赋及使用自己的器官上又何尝不是如此？只有那些失明的人才更加珍惜光明。那些成年后失明、失聪的人就更是如此。然而，那些耳聪目明的正常人却从来不好好地去利用他们的这些天赋。人们视而不见，充耳不闻，无任何鉴赏之心。事情往往就是这样，一旦失去了的东西，人们才会留恋它，人得了病才想到健康的幸福。

我有过这样的想法，如果让每一个人在他成年后的某个阶段瞎上几天、聋上几天该有多好！黑暗将使他们更加珍惜光明，寂静将教会他们真正领略喧哗的欢乐。

最近一位朋友来看我，他刚从林中散步回来。我问他看到些什么，他说没什么特别的东西。要不是我早习惯了这样的回答，我真会大吃一惊，我终于领会到了这样一个道理，明眼人往往熟视无睹。

我多么渴望看看这世上的一切，如果说我凭我的触觉能得到如此大的乐趣，那么能让我亲眼目睹一下该有多好。奇怪的是，明眼人对这一切却如此淡漠！那点缀世界的五彩缤纷和千姿百态在他们看来是那么的平庸。也许人就是这样，有了的东西不知道欣赏，没有的东西又一味追求。在明眼人的世界里，视力这种天赋不过增添一点方便罢了，并没有赋予他们的生活更多的意义。

假如我是一位大学校长，我要设一门必修课程——如何使用你的眼睛。教授应该让他的学生知道，看清他们面前一闪而过的东西会给他们的生活带来多大的乐趣，从而唤醒人们那麻木、呆滞的心灵。

请你思考一下这个问题：假如你只有三天的光明，你将如何使用你的眼睛？想到三天以后，太阳再也不会在你的眼前升起，你又将如何度过那宝贵的三日？你又会让你的眼睛停留在何处？

**赏 析**

海伦·凯勒（1880—1968），美国盲聋女作家和教育家。她在 19 个月大时因为一次高烧而引发失明及失聪，从此生活在黑暗无声的世界中。后来凭着她的导师安妮·萨利文的努力，她学会了没有语言的沟通，并学有所成，最终成就了一番事业。她终生致力于聋哑人和盲人的公共教育事业，周游世界，到处演说，著述很多。

这些文字朴实无华、想象丰富、文笔流畅、引人入胜，它之所以能深深打动我们，在于它真挚而强烈的感情，在于它给予读者敞开心扉的亲切感和感染力。作为一个盲聋女孩，作者倾诉了她对生命的礼赞，表达了她热爱生活的态度，这是对生命的珍惜，更是一种对生命的执著与敬畏。透过这些，我们看到了一种坚韧不拔的精神，自我超越的精神，追求美和崇高的精神，这也正是引导人类迈向未来的精神。作为比她幸运得多的健全人，我们在感动之余，要有所领悟，更加珍惜生命，热爱生活。

# 九十六　母亲颂

### 纪伯伦（黎巴嫩）

人的嘴唇所能发出的最甜美的字眼，就是"母亲"，最美好的呼喊，就是"妈"。这是一个简单而又意味深长的字眼，充满了希望、爱、抚慰和人的心灵中所有亲昵、甜蜜和美好的感情。在人生中，母亲就是一切。在悲伤时，她是慰藉；在沮丧时，她是希望；在软弱时，她是力量。她是同情、怜悯、慈爱、宽宥的源泉。谁要是失去了母亲，就失去了他的头所依托的胸膛，失去了为他祝福的手，失去了保护他的眼睛……自然界的一切，都象征并表露着母性。太阳，是大地的母亲，她以热量孕育了大地，用光明拥抱大地。大地，是树木花草的母亲，她生育并培养它们，直到它们长大。树木花草又是香甜可口的果实和充满活力的种子的慈母。而宇宙万物的母亲，则是充满美和爱的无始无终的永恒不灭的绝对精神。

母亲这个字眼，蕴藏在我们的心底，就像果核埋在土地深处。在我们悲伤、欢乐的时刻，这个字眼会从我们嘴里进出。

**赏 析**

纪伯伦（1883—1931），黎巴嫩文坛骄子，他作为哲理诗人和杰出画家，和泰戈尔一样是领导近代东方文学走向世界的先驱。同时，他又是阿拉伯现代小说和艺术散文的主要奠基人，是 20 世纪阿拉伯新文学道路的开拓者之一。

本文很能体现纪伯伦作品的艺术风格：既有理性思考的严肃与冷峻，又有咏叹调式的浪漫与抒情；善于在平淡中发掘隽永，在美妙的比喻中启示深刻的哲理。悲伤时的慰藉、沮丧时的希望、软弱时的力量……纪伯伦在这篇《母亲颂》里，以极有个性的语言，把一切赞美之辞都献给了母亲。在他的眼里，母亲给了自己一切。其实，没有什么言辞能够描述出这样伟大的情操。在母爱面前，人类的语言如此苍白。正如同无法用萤火虫的微光来描述太阳的光芒，我们同样也无法用任何言辞，乃至一切有形的东西，来描述母亲赐予我们的爱！

# 九十七　世间最美的坟墓
## ——记1928年的一次俄国旅行
### 茨威格（奥地利）

我在俄国所见到的景物再没有比列夫·托尔斯泰墓更宏伟、更感人的了。这将被后代怀着敬仰之情来朝拜的圣地，远离尘嚣，孤零零地躺在林荫里。顺着一条羊肠小路信步走去，穿过林间空地和灌木丛，便到了坟墓前。这只是一个长方形的土堆而已，无人守护，无人管理，只有几株大树荫蔽。他的外孙女跟我讲，这些高大挺拔、在初秋的风中微微摇动的树木是托尔斯泰亲手栽种的。小的时候，他的哥哥尼古莱和他听保姆或村妇讲过一个古老传说，提到亲手种树的地方会变成幸福的所在。于是他们俩就在自己庄园的某块地上栽了几株树苗，这个儿童游戏不久也就被忘掉了。托尔斯泰晚年才想起这桩儿时往事和关于幸福的奇妙许诺，饱经忧患的老人突然从中获得了一个新的、更美好的启示。他当即表示愿意将来埋骨于那些亲手栽种的树木之下。

后事就这样办了，完全按照托尔斯泰的愿望。他的坟墓成了世间最美的、给人印象最深刻的、最感人的坟墓。它只是树林中的一个小小长方形土丘，上面开满鲜花，没有十字架，没有墓碑，没有墓志铭，连托尔斯泰这个名字也没有。这个比谁都感到被自己声名所累的伟人，就像偶尔被发现的流浪汉、不为人知的士兵一般不留名姓地被人埋葬了。谁都可以踏进他最后的安息地，围在四周的稀疏的木栅栏是不关闭的——保护列夫·托尔斯泰得以安息的没有任何别的东西，唯有人们的敬意。而通常，人们总是怀着好奇，去破坏伟人墓地的宁静。这里，逼人的朴素禁锢住任何一种观赏的闲情，并且不容许大声说话。夏天，风儿在俯临这座无名者之墓的树木之间飒飒响着，和暖的阳光在坟头嬉戏；冬天，白雪温柔地覆盖这片幽暗的土地。无论你在夏天或冬天经过这儿，你都想象不到，这个小小的、隆起的长方形包容着当代最伟大人物当中的一个。然而，恰恰是不留姓名，比所有挖空心思置办的大理石和奢华装饰更扣人心弦：在今天这个特殊的日子里，成百上千到他的安息地来的人中间没有一个有勇气，哪怕仅仅从这幽暗的土丘上摘下一朵花留作纪念。人们重新感到，这个世界上再也没有比这最后留下的、纪念碑式的朴素更打动人心的了。老残军人退休院大理石穹隆底下拿破仑的墓穴，魏玛公侯之墓中歌德的灵寝，西敏司寺里莎士比亚的石棺，看上去都不像树林中的这个只有风儿低吟，甚至全无人语声，庄严肃穆，感人至深的无名墓冢那样能剧烈震撼每一个人内心深藏着的感情。

## 赏　析

茨威格（1881—1942），奥地利作家。

列夫·托尔斯泰（1828—1910），俄国批判现实主义伟大作家，代表作有长篇小说《战争与和平》、《安娜·卡列尼娜》、《复活》等。他的作品，一方面是对封建农奴制度的批判和憎恨，一方面宣扬道德的自我完善和"不以暴力抗恶"，表达了宗法式农民的思想、愿望、力量和弱点，被列宁誉为"俄国革命的镜子"。

1928年茨威格拜谒了托尔斯泰墓，写了这篇游记，表达了对托尔斯泰的无限崇敬和真诚纪念。宁静、平凡、朴素、伟大，这是托尔斯泰墓给人留下的印象，同时，也是文学巨匠托尔斯泰朴素、平易却崇高的人格体现。文章借景抒情，含义深刻，表达了这样一种思想：朴实无华最美丽，精神的力量可以长久地震撼人们的心灵，并让人们永久怀念。

# 九十八　幸福生活三要素

巴克莱（爱尔兰）

幸福的生活有三个不可或缺的因素：

一是有希望。

二是有事做。

三是能爱人。

有希望：

亚历山大大帝有一次大送礼，表示他的慷慨。他给了甲一大笔钱，给了乙一个省份，给了丙一个高官。他的朋友听到这件事后，对他说：你要是一直这样做下去，会一贫如洗。亚历山大回答说：我哪里会一贫如洗，我为自己留下的是一份最伟大的礼物——希望。

一个人要是只生活在回忆中，失去了希望，他的生命已经开始终结。回忆不能鼓舞我们有力地生活下去，回忆只能让我们逃避，好像囚犯逃出监狱。

有事做：

一个英国老妇人，在她身患重病自知时日不多的时候，写下了如下的诗句：

现在别怜悯我，永远也别怜悯我；

我将不再工作，永远永远不再工作。

很多人都有过失业或者没事做的时候，这时会觉得日子过得很慢，生活十分空虚。有过这种经验的人都会知道，有事做不是不幸，而是一种幸福。

能爱人：

诗人白朗宁曾写道：他望了她一眼，她对他回眸一笑，生命突然复苏。

生命中有了爱，我们就会变得谦卑、有生气，新的希望油然而生，仿佛有千百件事等着去完成。有了爱，生命就有了春天，世界也变得万紫千红。

巴克莱（1907—1978），爱尔兰著名圣经注释学家、希腊文专家，曾担任过英国格拉斯哥大学神学院院长，同时兼任学院诗班指挥。失聪多年，靠助听器来助听，但仍坚持创作。他告诉我们，幸福要做到以下三点：有希望，有事做，能爱人。有希望：一个人如果只活在回忆中，失去了对未来的希望，可以认为他的生命已经终结。人活在世上有希望，才能活得有滋有味，遇事不要灰心，不要丧气。有希望才能迎接美好的明天。有事做：人有事做就不会觉得虚度年华，心灵才不会感到空虚和寂寞，有事做人才会心情愉快，从而欢快地度过每一天。能爱人：生活中有了爱，我们的生活会变得更精彩。一个人能爱人或被人爱，都是很幸福的，除了夫妻间忠贞的爱外，人间的爱还有很多种存在方式，有家人亲情、同事感情、同窗情谊、战友兄弟情等，在一起朝夕相处久了，工作学习时间长了，都会产生一种割舍不了的感情。

心里有希望，手中有事做，对人说爱你，幸福就是这么简单。这幸福的小花盛开在人生路上，让人生小径花香四溢。

文章风格清新、短小精悍，指出人生目标和幸福的源泉，深刻隽永，精美绝伦，言辞恳切，不失为一篇经典美文。

# 九十九　归来的温馨

聂鲁达（智利）

我的住所幽深，院内树木繁茂。久别之后，房子的许多去处吸引我躲进去尽情享受归来的温馨。花园里长起神奇的灌木丛，发出我从未领受过的芬芳。我种在花园深处的杨树，原来是那么细弱，那么不起眼，现在竟长成了大树。它直插云天，表皮上有了智慧的皱纹，梢头不停地颤动着新叶。

最后认出我的是栗树。当我走近时，它们光裸干枯的、高耸纷繁的枝条，显出莫测高深和满怀敌意的神态，而在它们躯干周围正萌动着无孔不入的智利的春天。我每日都去看望它们，因为我心里明白，它们需要我去巡礼，在清晨的寒冷中，我凝然伫立在没有叶子的枝条下，直到有一天，一个羞怯的绿芽从树梢高处远远地探出来看我，随后出来了更多的绿芽。我出现的消息就这样传遍了那棵大栗树所有躲藏着的满怀疑虑的树叶；现在，它们骄傲地向我致意，然而已经习惯了我的归来。

鸟儿在枝头重新开始往日的啼鸣，仿佛树叶下什么变化也未曾发生。

书房里等待我的是冬天和残冬的浓烈气息。在我的住所中，书房最深刻地反映了我离家的迹象。

封存的书籍有一股亡魂的气味，直冲鼻子和心灵深处，因为这是遗忘——业已湮灭的记忆——所产生的气味。

在那古老的窗子旁边，面对着安第斯山顶上白色和蓝色的天空，在我的背后，我感到了正在与这些书籍进行搏斗的春天的芬芳。书籍不愿摆脱长期被人抛弃的状态，依然散发出一阵阵遗忘的气息。春天身披新装，带着忍冬的香气，正在进入各个房间。

在我离家期间，书籍给弄得散乱不堪。这不是说书籍短缺了，而是它们的位置给挪动了。在一卷 17 世纪古版的严肃的培根著作旁边，我看到萨尔加里的《尤卡坦旗舰》；尽管如此，它们倒还能够和睦相处。然而，一册拜伦诗集却散开了，我拿起来的时候，书皮像信天翁的黑翅膀那样掉落下来。我费力地把书脊和书皮缝上，事前我先饱览了那冷漠的浪漫主义。

海螺是我住所里最沉默的居民。从前海螺连年在大海里度过，养成了极深的沉默。如今，近几年的时光又给它增添了岁月和尘埃。可是，它那珍珠般冷冷的闪光，它那哥特式的同心椭圆形，或是它那张开的壳瓣，都使我记起远处的海岸和事件。这种闪着红光的珍贵海螺叫 Rostellaria，是古巴的软体动物学家——深海的魔术师——卡洛斯·德拉托雷有一次把它当作海底勋章赠给我的。这些加利福尼亚海里的黑"橄榄"，以及同一处来的带红刺的和带黑珍珠的牡蛎，都已经有点儿褪色，而且盖满尘埃了。从前，就在有那么多宝藏的加利福尼亚海上，我们险些遇难。

还有一些新居民，就是从封存了很久的大木箱里取出的书籍和物品。这些松木箱来自法国，箱子板上有地中海的气味，打开盖子时发出嘎吱嘎吱的歌声，随即箱内出现金光，露出维克多·雨果著作的红色书皮。旧版的《悲惨世界》便把形形色色令人心碎的生命，在我家的几堵墙壁之内安顿下来。

不过，我从这口灵柩般的大木箱里找出一张妇女的可亲的脸，木头做的高

耸的乳房，一双浸透音乐和盐水的手。我给她取名叫"天堂里的玛丽亚"，因为她带来了失踪船只的秘密。我在巴黎一家旧货店里发现她光彩照人，那时她因为被人抛弃而面目全非，混在一堆废弃的金属器具里，埋在郊区阴郁的破布堆下面。现在，她被放置在高处，再次焕发着活泼、鲜艳的神采出航。每天清晨，她的双颊又将挂满神秘的露珠，或是水手的泪水。

玫瑰花在匆匆开放。从前，我对玫瑰很反感，因为她没完没了地附丽于文学，因为她太高傲。可是，眼看她们赤身裸体顶着严冬冒出来，当她在坚韧多刺的枝条间露出雪白的胸脯，或是露出紫红色的火团的时候，我心中渐渐充满柔情，赞叹她们骏马一样的体魄，赞叹她们含着挑战意味发出的浪涛般神秘的芳香与光彩。而这是她们适时从黑色土地里尽情吸取之后，像是责任心创造的奇迹，在露天地里表露的爱。而现在，玫瑰带着动人的严肃神情挺立在每个角落，这种严肃与我正相符，因为她们和我都摆脱了奢侈与轻浮，各自尽力发出自己的一份光。

可是，四面八方吹来的风使花朵轻微起伏、颤动，飘来阵阵沁人心脾的芳香。青年时代的记忆涌来，令人陶醉：已经忘却的美好名字和美好时光，那轻轻抚摸过的纤手、高傲的琥珀色双眸以及随着时光流逝已不再梳理的发辫，一起涌上心头。

这是忍冬的芳香，这是春天的第一个吻。


## 赏　析

聂鲁达（1904—1973），智利现代著名诗人，曾于1971年获诺贝尔文学奖。从他的这篇传世散文中看得出来，他是以诗人的意绪、诗人的敏锐和机智来写散文的。本篇文章散发着强烈的爱国思乡之情，是享誉国际的经典散文。

距离是一种美，距离能产生美。久别归来，本来荒芜零乱的家园，却让作者感觉到一种家的温馨。距离能创造美，但必须是以融合浓浓情意为前提，否则，只会离得越远越生疏，离得越久越淡漠。同样的家园，同样的物，同样的事，在离家之前、归来之时何以会有如此巨大的反差？关键在于"离家"，而且是"久别"。离家前青春年少，在温馨的家中也感受不到温暖，感受不到物、事、人、景的情意。青春的轻浮与躁动，造成年轻人特有的心境与心情。离开过家，坎坎坷坷的艰难道路曾经走过，甜酸苦辣万般滋味曾经尝过，世态炎凉、人情冷暖也都曾经经历过，知道什么是坚韧、什么是责任。心境已不再浮躁，开始有了"严肃的神情"。对家的感受成熟了许多，对人情物事的感受也深刻了许多。只有经过严冬的人，才能感受春天的温暖；只有离开过家的人，才能够感受家的温馨。所以，作者久别归来，柔情万种，倍感温馨。

值得注意的是，作者笔下给人以温馨的都是一些"物"，因作者爱物，而物也就自然都以融融爱意相待了。物犹如此，人何以堪？作者是在借物情写人意。这就叫做情景交融、天然妙成吧。

# 一〇〇　田园诗情

恰彼克（前捷克斯洛伐克）

荷兰，是水之国，花之国，也是牧场之国。一条条运河之间的绿色低地上，黑白花牛，白头黑牛，白腰蓝嘴黑牛，在低头吃草。有的牛背上盖着防潮的毛毡。牛群吃草反刍，有时站立不动，仿佛正在思考什么。牛犊的模样像贵夫人，仪态端庄。老牛好似牛群的家长，无比尊严。极目远眺，四周全是碧绿的丝绒般的草原和黑白两色的花牛。这就是真正的荷兰。

这是真正的荷兰：碧绿色的低地镶嵌在一条条运河之间，成群的骏马，剽悍强壮，腿粗如圆柱，鬃毛随风飞扬。除了深深的野草遮掩着的运河，没有什么能够阻挡它们飞驰到乌德列支或兹伏勒阿姆斯特丹东部城市。辽阔无垠的原野似乎归它们所有，它们是这个自由王国的主人和公爵。

低地上还有白色的绵羊，它们在天堂般的绿色草原上，悠然自得。黑色的猪群，不停地呼噜着，像是对什么表示赞许。还有成千上万的小鸡，长毛山羊，但没有一个人影。这就是真正的荷兰。

只有到了傍晚，才看见有人驾着小船过来，坐上小板凳，给严肃沉默的奶

牛挤奶。金色的晚霞铺在西天，远处偶尔传来汽笛声，接着又是一片寂静。在这里，谁都不叫喊吆喝，牛的脖子上的铃铛也没有响声，挤奶的人更是默默无言。

运河之中，装满奶桶的船只舒缓平稳地行驶，汽车火车，都装载着一罐一罐的牛奶运往城市。车过之后，一切又归于平静。狗不叫，圈里的牛不发出哞哞声，马蹄也不踢马房的挡板，真是万籁俱寂。沉睡的牲畜，无声的低地，漆黑的夜晚，只有远处的几座灯塔在闪烁着微弱的光芒。

这就是那真正的荷兰。

## 赏　析

恰彼克（1890—1938），前捷克斯洛伐克著名剧作家、小说家、科幻作家。

真正的田园不见得一定是小桥流水、鸡鸣桑巅、狗吠深巷、黄发垂髫，但一定是"人法地，地法天，天法自然"，甚至人选择让位于自然。

薄雾迷蒙的长河苏醒了，惺忪睡眼也掩饰不住笑意；巨大的风车，如肃穆、沉稳的银须美髯老者伫立原野，把酒临风，遥想前尘往事；五彩的郁金香，如窈窕、轻灵的妙龄女子丹唇轻启，倾吐着对阳光的缕缕爱慕；黑白相间的奶牛踱着悠然的方步，时而向苍穹不经意地投去一瞥……

在这里，牛羊是国王、王后、贵族，人是谦卑恭顺的奴仆。

真正的荷兰——定格在童话中，注解成理想国。

原来，田园诗情的最高境界是天人合一！

恰彼克给我们呈现了一个静谧、闲适、充满诗情画意的荷兰。文章节奏舒缓，语言轻盈恬淡，令人不禁对那个遥远的国度产生无限的遐想。